C·H·Beck
PAPERBACK

Witze und Anekdoten in jiddischer Sprache gewähren uns Einblick in die alte, versunkene Welt der Schtetl, von der auch die drei großen Klassiker der jiddischen Literatur – Mendele Moícher Sfórim, Scholem Alejchem und Jizchok Leib Perez – erzählen. Sie haben den Witz des Jiddischen in Kunst verwandelt. Jakob Hessing erschließt kurzweilig das ironische Potential der jiddischen Sprache und zeigt, warum jiddische Witze ihre Hintergründigkeit verlieren, wenn man sie ins Deutsche übersetzt. Sein meisterhaft geschriebenes Buch lässt uns lachen, schmunzeln, staunen und am Ende bedauern, dass die vergnügliche Geschichte nicht weitergeht.

*Jakob Hessing,* Germanist und Schriftsteller, wurde 1944 im Versteck bei einem polnischen Bauern geboren, wuchs in Berlin auf und emigrierte 1964 nach Israel. Bis zu seiner Emeritierung 2012 war er Professor und Leiter der Germanistischen Abteilung an der Hebräischen Universität Jerusalem. Durch Romane, Essays, Übersetzungen aus dem Hebräischen und Beiträge für die FAZ, DIE WELT und den Tagesspiegel, den Merkur und DIE ZEIT ist er einer größeren Leserschaft bekannt.

Jakob Hessing

# Der jiddische Witz

## Eine vergnügliche Geschichte

C.H.Beck

Originalausgabe

www.chbeck.de
Umschlaggestaltung: Kunst oder Reklame, München
Umschlagabbildung: Marc Chagall, «À Charlot Chaplin»,
1929, Gouache auf Karton, encre de Chine, 43,1 × 28,9 cm,
Musée national d'Art moderne – Centre de création industrielle, Paris.

Foto: Philippe Migeat
Satz: C.H.Beck.Media.Solutions, Nördlingen
Druck und Bindung: Druckerei C.H.Beck, Nördlingen
Gedruckt auf säurefreiem und alterungsbeständigem Papier
(hergestellt aus chlorfrei gebleichtem Zellstoff)
Printed in Germany
ISBN 978 3 406 75473 9

myclimate

klimaneutral produziert
www.chbeck.de/nachhaltig

*Den Eltern*
*zum Gedenken*

# Inhalt

## Prolog

# Die verschwiegene Sprache
## Gedanken über das Jiddische

Die Welt des Ostjudentums, von der in diesem Buch die Rede sein wird, gibt es nicht mehr. Ich habe nie in ihr gelebt, denn als ich geboren wurde – im polnischen Versteck, gegen Ende des Zweiten Weltkriegs –, war ihr Untergang schon besiegelt. Und dennoch bin ich mit ihr verbunden, denn meine Eltern und andere Verwandte, die die Schoah überlebt hatten, waren Ostjuden und nahmen noch etwas aus dieser Welt mit, als sie bald darauf vor den Sowjets flohen und sich in Berlin zusammenfanden.

In West-Berlin: Das zerstörte Deutschland war geteilt, die einstige Hauptstadt des Dritten Reiches wurde zur Nahtstelle der Machtblöcke, die sich nach dem Krieg gebildet hatten, und die Nähe von Ost und West mag die jüdischen Flüchtlinge angezogen haben. Mein Vater und andere aus meiner Familie beherrschten das Russische, ich erinnere mich noch dunkel daran, dass sie vor dem Mauerbau oft in Ost-Berlin zu tun hatten, und vielleicht hat das Gemisch der Kulturen sie an die Welt erinnert, aus der sie stammten.

Das alles denke ich mir im Rückblick auf diese ferne Zeit, und über Spekulationen gelangen meine Gedanken nicht hinaus. Ich kam damals bald in die deutsche Grundschule und später ins Gymnasium, ich wuchs unter Deutschen auf und wurde, ohne dass der Vorgang meiner Verwandlung mir bewusst werden konnte, selbst zum «Deutschen».

So kam es, dass auch die deutlichste Spur meines Ursprungs sich zu verlieren begann – das Jiddische. Zwar hörte ich es bei meinen Eltern und Verwandten und verstand es auch immer, aber ich entfernte mich von ihm, nicht nur in Deutschland. Bald nach dem Abitur ging ich nach Israel und begann in einer zweiten Sprache zu leben, dem Hebräischen. In meiner Lebensgeschichte wiederholte sich, was das Schicksal des Jiddischen auch historisch bestimmt hat: Es wurde vom Deutschen und vom Hebräischen verdrängt, den beiden «Kultursprachen», denen nach Maßgabe der einen oder anderen Ideologie der Vorrang vor dem verächtlich «Jargon» genannten Jiddisch der Ostjuden gebührte.[1]

Wenn ich hier zu diesem Ursprung zurückkehre, so kann der Grund dafür nicht die Nostalgie sein. Ich bin mir keines Gefühls bewusst, dass es in meiner Vergangenheit eine andere, eine «bessere» Welt gegeben hätte, nach der mich Sehnsucht erfüllt. Auch meine Eltern oder andere Vorfahren haben mir ein solches Gefühl nicht vermittelt. Die Jahre, die meiner Geburt vorausgegangen sind, waren zu schrecklich, und die Schatten, die sie geworfen haben, zu dunkel, um das Vergangene in einem vergoldeten Licht der Erinnerung aufleuchten zu lassen.

Im 20. Jahrhundert hat die an Erschütterungen nicht arme Geschichte der Juden ihre tiefste Erschütterung erfahren. Manès Sperber (1905–1984) berichtet davon in *All das Vergangene*, seiner dreiteiligen Autobiographie. Er erzählt von seiner Kindheit in Zablotow, dem Schtetl in Ostgalizien, in dem er orthodox erzogen wurde. Er erzählt, wie er im Ersten Weltkrieg nach Wien kam und den Glauben aufgab, wie er von den Nazis in Berlin als Kommunist verhaftet wurde und im Gefängnis saß, später mit dem Kommunismus brach und schließlich nach Frankreich floh, wo er die zweite Hälfte seines Lebens verbracht hat.

Es ist eine Biographie voller Bruchstellen, die Sperber, ein bekannter Individualpsychologe, gut zu beschreiben und zu ergründen weiß. Einer dieser Brüche aber bleibt unsichtbar: Als Kind hat er in Zablotow Jiddisch gesprochen, doch das wird nirgends deutlich gesagt. Es erklingt nur in dem einen oder anderen Wort, das er wie beiläufig einfließen lässt, und an einer einzigen Stelle kommt er darauf zu sprechen:

> Damals [kurz vor dem Ersten Weltkrieg] erschienen auch die vielen Bände der Gesamtausgabe der Werke Scholem Alejchems. Der Briefträger, der sie ins Haus brachte, verständigte am gleichen Tage die Freunde meines Vaters, die sich dann abends bei uns versammelten. Der eine oder andere las die besten Stücke vor, meist Monologe, kurze Erzählungen, komische Szenen. Man blieb bis spät in die Nacht [...]. Ich begann erst später Jiddisch zu lesen, daher blieben Scholem Alejchem und die beiden anderen Klassiker der jiddischen Literatur, Mendele Moícher-Sfórim und Jitzchok Lejb Perez, während mehrerer Jahre jene Schriftsteller, deren Werke ich kannte, ohne sie selbst gelesen zu haben.[2]

Die Sprache, die das Kind im *Chejder*, in der orthodoxen Knabenschule, las, war das Hebräische der heiligen Schriften. An mehreren Stellen erwähnt Sperber, dass er die Tora-Abschnitte, die in der Synagoge wöchentlich gelesen wurden, zu «übersetzen» hatte, er sagt aber nicht, dass die Zielsprache dieser Übersetzung das Jiddische war. Und auch später, als er im Ersten Weltkrieg nach Wien kommt, hören wir nicht, dass es hier einen Sprachenübergang gegeben hat. Von Anfang an scheint der Neunjährige des Deutschen mächtig zu sein, als hätte er immer in Wien gelebt.

Erst am Ende seiner Autobiographie, auf den letzten Seiten des dritten Bandes, berührt Sperber das Sprachenproblem. Er hat, so lesen wir, erst zu schreiben begonnen, als er schon in Frankreich lebte, und musste

> eine Frage lösen, die für mein Schaffen und meine Laufbahn von größter Bedeutung war: die Frage der Sprache. Da es mir psychisch unmöglich war, mich ganz vom Deutschen zu lösen, entschloß ich mich notgedrungen, ein zweisprachiger Schriftsteller zu werden – die Romane deutsch, die Essays hauptsächlich französisch zu schreiben. [...]
> Seit 1946 war ich Lektor für deutsche Literatur im alten Pariser Verlag Calmann-Lévy [...]. Während ich die von ausgezeichneten

> Germanisten besorgten Übertragungen überprüfte, stellte ich mit Staunen, ja mit Entsetzen fest, wie wenig kongenial die beiden Sprachen sind, so daß sie einander hoffnungslos fremd bleiben. Deshalb erstaunte es mich nicht, daß was immer ich in der einen schrieb, mir selber fremd erschien, sobald ich es in die andere Sprache zu übersetzen begann. Die sprachliche Bigamie bringt gewiß auch viele Vorteile, aber ich mag sie nicht. Es sind die Vorteile eines schicksalhaften Nachteils: der Entwurzeltheit.[3]

Merkwürdig spurlos geht zwischen dem Deutschen und dem Französischen hier das Jiddische unter, Manès Sperbers erste Sprache. Er ist nicht der einzige deutsche Jude, bei dem sich das beobachten lässt. Schon Moses Mendelssohn, der mit seiner Frau noch auf Jiddisch korrespondierte, wollte diese Sprache nicht mehr gelten lassen; der in Wien geborene Martin Buber wuchs bei seinem Großvater in Galizien auf und sprach dort Jiddisch, er erwähnt es aber nirgends; und auch Sigmund Freud, der den Begriff der Verdrängung in den medizinischen Diskurs eingeführt hat, hörte bei seinem Vater noch das Jiddische. Wir werden später sehen, wie schwer er es damit hatte.

Im Februar 1912 hält Franz Kafka eine kleine Rede über die jiddische Sprache. Anlass ist ein Leseabend, an dem der Schauspieler Jizchak Löwy jiddische Gedichte vortragen wird, und Kafka will das Publikum darauf einstimmen. Die Juden in Prag fühlen sich dem deutschen Kulturkreis zugehörig, sie sind das Jiddische nicht mehr gewöhnt, und Kafka hat den Widerstand dagegen schon im eigenen Hause zu spüren bekommen. Mit einer Theatergruppe aus Lemberg führte Löwy jiddische Stücke auf, Kafka hatte sich mit ihm angefreundet, und seinem Vater, der sich in Prag zu den höheren deutschen Kreisen zählte, war solcher Umgang unangenehm.

Kafka ist zu diesem Zeitpunkt 28 Jahre alt, und wie viele junge Juden seiner Generation spürt er eine Not. Im Osten Europas finden längst Pogrome statt, die die Juden in die Flucht treiben, aber im kultivierten Prag glaubt man sich vor ihnen noch sicher. Bald wird er seine berühmten Werke schreiben, in denen es eine Sicherheit nicht mehr gibt, und in seiner Rede deutet er davon schon etwas an. «Ich habe nicht eigentlich Sorge um die Wirkung, die für jeden von Ihnen in dem heutigen Abend vorbereitet ist», sagt er zu seinem Publikum, «aber ich will, daß sie gleich frei werde, wenn sie es verdient. Dies kann aber nicht geschehen, solange manche unter Ihnen eine solche Angst vor dem Jargon haben, daß man es fast auf Ihren Gesichtern sieht.»[4]

Mit einer feinen Ironie benutzt auch er das Wort «Jargon», mit dem die deutschsprachigen Juden das Jiddische herabzusetzen suchen; doch zugleich verleiht er ihm eine Macht, die den Zuhörern Angst einflößt. «Von denen, welche gegen den Jargon hochmütig sind, rede ich gar nicht», fährt er fort. «Aber Angst vor dem Jargon, Angst mit einem gewissen Widerwillen auf dem Grunde ist schließlich verständlich, wenn man will.» (188) Und er gibt einen Hinweis darauf, woher diese Angst kommen mag:

> Unsere westeuropäischen Verhältnisse sind, wenn wir sie mit vorsichtig flüchtigem Blick ansehn, so geordnet: alles nimmt seinen ruhigen Lauf. Wir leben in einer geradezu fröhlichen Eintracht; verstehen einander, wenn es notwendig ist, kommen ohne einander aus, wenn es uns paßt, und verstehen einander selbst dann; wer könnte aus einer solchen Ordnung der Dinge heraus den verwirrten Jargon verstehen oder wer hätte auch nur die Lust dazu? (188)

Auch hier ist Kafka ironisch. Er richtet den Blick auf «unsere westeuropäischen Verhältnisse», auf ihren «ruhigen Lauf» und ihre «geradezu fröhliche Eintracht», aber sein Blick bleibt «vorsichtig flüchtig», als wolle er nicht allzu genau hinschauen. Dem steht der Jargon gegenüber: «Verwirrt» ist er hinter dem Fortschritt der Zeit zurückgeblieben, weil er sich «einer solchen Ordnung der Dinge» nicht unterworfen hat.

Kaum drei Jahre später wird ein Krieg die hier lächelnd beschworene heile Welt in den Abgrund reißen, und an diesem Leseabend konfrontiert Kafka die Juden in Prag mit ihrer Vergangenheit. Er gibt einen kurzen Abriss der jiddischen Sprachgeschichte, ohne Anspruch auf Wissenschaftlichkeit zu erheben, und macht dabei bedenkenswerte Feststellungen. Das Jiddische, heißt es, habe «keine Grammatiken. Liebhaber versuchen Grammatiken zu schreiben, aber der Jargon wird immerfort gesprochen; er kommt nicht zur Ruhe. Das Volk läßt ihn den Grammatikern nicht.» (189)

Für diese Unbändigkeit findet Kafka ein eindrucksvolles Bild. Der Jargon, so sagt er,

> besteht nur aus Fremdwörtern. Diese ruhen aber nicht in ihm, sondern behalten die Eile und Lebhaftigkeit, mit der sie genommen wurden. Völkerwanderungen durchlaufen den Jargon von einem Ende bis zum anderen. Alles dieses Deutsche, Hebräische, Französische, Englische, Slawische, Holländische, Rumänische und selbst Lateinische ist innerhalb des Jargon von Neugier und Leichtsinn erfaßt, es gehört schon Kraft dazu, die Sprachen in diesem Zustande zusammenzuhalten. (189)

Wie in einem Spiegel stellt Kafka die Nomadenexistenz der Juden dar. Völkerwanderungen, so sagt er, hätten das Jiddische durchlaufen, in Wirklichkeit aber war es umgekehrt – Juden haben die Länder der Völker durchwandert und nahmen dabei die Sprachen auf, die in ihr Jiddisch eingegangen sind. Hier liegt die Wurzel der Angst, die der Prager Westjude vor dem Jiddischen empfindet: Er will nicht an seine Wanderungen erinnert werden und nicht an seine Exile, er will im deutschen Kulturraum angekommen sein und endlich ein Heimatrecht wahrnehmen können.

Kafka aber erinnert sein Publikum an eine Vergangenheit, die ihm fast gegenwärtig erscheint. «Noch zumindest vor nicht langer Zeit erschien die vertrauliche Verkehrssprache der deutschen Juden, je nachdem ob sie in der Stadt oder auf dem Lande lebten, mehr im Osten oder im Westen, wie eine fernere oder nähere Vorstufe des Jargon, und Abtönungen sind noch viele geblieben.» (192) Wenn die Zuhörer sich vor ihrem eigenen Inneren nicht verschließen, sagt Kafka, so können sie noch fühlen, wie nahe sie dem Jiddischen sind:

> Ganz nahe kommen Sie schon an den Jargon, wenn Sie bedenken, daß in Ihnen außer Kenntnissen auch noch Kräfte tätig sind und Anknüpfungen von Kräften, welche Sie befähigen, Jargon fühlend zu verstehen. [...] Wenn Sie aber einmal Jargon ergriffen hat – und Jargon ist alles, Wort, chassidische Melodie und das Wesen dieses ostjüdischen Schauspielers selbst –, dann werden Sie Ihre frühere Ruhe nicht mehr wiedererkennen. Dann werden Sie die wahre Einheit des Jargon zu spüren bekommen, so stark, daß Sie sich fürchten werden, aber nicht mehr vor dem Jargon, sondern vor sich. (193)

Die Fluktuationen des Gefühls, die hier beschrieben werden, sind eine Momentaufnahme der deutsch-jüdischen Identitätskrise am Vorabend des Ersten Weltkriegs. Die Schatten heraufziehender Katastrophen deuten sich bereits am Horizont an, sie berühren schon den «ruhigen Lauf» der Dinge, den Kafka ironisch erwähnt hat; und die jiddische Vergangenheit, von den deutschen Juden kaum erst überwunden, ist noch nahe genug, um in den verunsicherten Zuhörern das Echo hervorzurufen, das der Redner sich erhofft.

An diesem Leseabend inszeniert Kafka, was Sigmund Freud fast gleichzeitig die «Wiederkehr des Verdrängten» nennt. In ihr tritt das Unheimliche zutage: Die Angst vor dem Jargon, eben noch als etwas Fremdes empfunden, wird zur Angst vor sich selbst. Die Zuhörer entdecken das Jiddische, wo sie es gar nicht mehr vermutet hätten – in ihrem eigenen Inneren.

Kafka verspricht seinen Zuhörern zwar, dass diese Entdeckung nicht nur ihre Furcht erregen, sondern ihnen auch Kraft geben wird. «Sie würden nicht imstande sein», sagt er, «diese Furcht allein zu ertragen, wenn nicht gleich auch aus dem Jargon das Selbstvertrauen über Sie käme, das dieser Furcht standhält und noch stärker ist.» (193) Aber das Selbstvertrauen ist vielleicht nur eine romantische Hoffnung, und deshalb nimmt er sie gleich wieder zurück:

> Genießen Sie es, so gut Sie können! Wenn es sich dann verliert, morgen und später, – wie könnte es sich auch an der Erinnerung an einen einzigen Vortragsabend halten! – dann wünsche ich Ihnen aber, daß Sie auch die Furcht vergessen haben möchten. Denn strafen wollten wir Sie nicht. (193)

Dies sind die letzten Worte seiner Rede, und wie ihr Anfang ist auch ihr Ende ironisch. Für die kurze Stunde eines Leseabends hat Kafka das Jiddische aus der Verdrängung geholt, und jetzt, mit einer lächelnden Verbeugung, gibt er es dem Vergessen wieder anheim.

Als Kafka seine Rede hält, ist Manès Sperber sechs Jahre alt. Noch spricht er Jiddisch in Zablotow und wird es erst aufgeben, als er im Weltkrieg nach Wien kommt. Später, nach einem weiteren Weltkrieg, wird er es hinter die beiden großen Sprachen Europas zurücktreten lassen, hinter das Deutsche und das Französische, und vielleicht müssen wir diesen Vorgang symbolisch verstehen. Sperber glaubt noch an die Versprechen der Aufklärung, und als der Kommunismus ihn enttäuscht hat, arbeitet er im Paris der Nachkriegszeit als deutsch-französischer Kulturvermittler für einen europäischen Frieden.

Kafka kannte solchen Optimismus nicht. «Oh Hoffnung genug, unendlich viel Hoffnung», sagt er einmal zu Max Brod, «nur nicht für uns.»[5] Der Satz ist traurig und ironisch zugleich, und die doppelte emotionale Bewegung, die er in uns auslöst – das Gefühl einer Verlassenheit, und zugleich ein Lächeln –, hat Kafkas Werk berühmt gemacht, als es nach der Katastrophe des Zweiten Weltkriegs eine große Leserschaft fand.

Eine doppelte Bewegung findet sich auch in der Rede über die jiddische Sprache. Ironisch spricht Kafka die falsche Sicherheit an, in der seine deutsch akkulturierten Zuhörer sich wiegen, und die Angst vor dem Jargon, die er auf ihren Gesichtern zu erkennen vorgibt, ist ihm Peitsche und gleichzeitig Zuckerbrot. Mit der jiddischen Sprache scheucht er sie aus ihrer fragwürdigen Ruhe auf; ihre Angst davor deutet er als eine Erinnerung an linguistische Völkerwanderungen, aus denen sie sich in ihre deutsche Gegenwart gerettet glauben; und als Belohnung verspricht er ihnen das Selbstvertrauen einer Authentizität, die sie in ihrer vorgetäuschten Wirklichkeit verloren haben. Dann aber, in einer letzten Abschlussgeste, nimmt er alles wieder zurück: wie ein Zauberer, der eine Illusion zerstört.

Kafka hält seine Rede im Vorfeld der Katastrophe, und Manès Sperber hat die Katastrophe noch am eigenen Leib erfahren. Ich aber bin bereits ein Nachgeborener, und mit dem Jiddischen verhält es sich anders bei mir. Als ich mich im West-Berlin der Fünfzigerjahre von ihm entfernte, konnte mir nach Auschwitz eine «deutsche Kultur» gar keine Wunschvorstellung mehr sein wie einst für Manès Sperber; und auch Kafkas Hoffnungslosigkeit verstand ich in meiner Schulzeit noch nicht. Als ich nach dem Abitur nach Israel auswanderte, traf ich eine Wahl, die sich dem jüdischen Nachkriegskind anbot, mit meinen jiddischen Ursprüngen aber hatte sie nichts zu tun.

Wenn ich diese Ursprünge heute, viele Jahre nach dem Ende, noch einmal aufsuche, so erlebe ich auch keine Wiederkehr des Verdrängten. Denn ich habe das Jiddische gar nicht verdrängt, es waren die Umstände meines Lebens, die es aus meinem Blickfeld geraten ließen. Mein Vater beherrschte das Deutsche vorzüglich, wir haben uns immer in dieser Sprache verständigt. Er starb 1982 in Israel, und meine Mutter überlebte ihn um anderthalb Jahrzehnte. Ich besuchte sie regelmäßig, und da ihr das Deutsche seit ihrer Ankunft in Berlin stets fremd geblieben war, sprach sie jiddisch mit mir, wie sie es auch in meiner Kindheit getan hatte.

Irgendwann in dieser Zeit muss ich damit begonnen haben, ihr auf Jiddisch zu antworten. Bewusst habe ich diesen Sprachenübergang nicht vollzogen, und ich könnte auch nicht sagen, wann das geschehen ist. In meiner Erinnerung haben sich nur zwei Szenen erhalten, Teile eines größeren Bildes, das sich nicht mehr zusammensetzen lässt.

Manchmal nahm meine Mutter mich in ein Altersheim mit, das in der Nähe ihrer Wohnung lag und in dem sie ihre Freundinnen zu besuchen pflegte. Die alten Damen sprachen jiddisch miteinander, und einmal, als ich mich in das Gespräch einschaltete, sagte eine von ihnen: «Das ist ja merkwürdig. Ihr Sohn spricht gar nicht wie ein Deutscher, er spricht wie einer von uns.»

Ich weiß noch, wie mich das damals gefreut hat und wie es mich zugleich nachdenklich machte. Denn es war in der Tat merkwürdig, dass ich Jiddisch sozusagen akzentfrei sprach und mein Mund seine Laute zu formen vermochte, als hätte er das früher, in einer fernen Vergangenheit, einmal getan. Irgendwann tauchte dann eine zweite Szene auf, die das Bild zwar nicht vervollständigte – es lässt sich nicht vervollständigen –, aber doch ergänzte.

Eigentlich war es keine Szene aus meiner Erinnerung, sondern eine Geschichte, die man in der Familie über mich erzählte. Als kleines Kind überquerte ich mit meinen Eltern einmal einen Fahrdamm, da soll ich mich auf den Asphalt gesetzt und gesagt haben: «*Kénni, ho ken kójach.*» Mein Gedächtnis hatte die Anekdote gespeichert, aber erst als ich anfing, über das Jiddische in meiner Vergangenheit nachzudenken, erhielt sie einen Kontext und damit einen Sinn. Die Worte sind Jiddisch und bedeuten «*Ich kann nicht, ich hab keine Kraft.*» Und wenn ich das gesagt habe, wie man es von mir erzählt, dann sprach ich nach dem Krieg – im Polen meiner frühen Kindheit, bevor ich nach Berlin kam – offensichtlich Jiddisch.

Die Spuren, die in diese Vergangenheit zurückführen, sind zu schwach, um persönliche Erinnerungen in mir wachzurufen. So erinnere ich mich auch nicht mehr an die Szene auf dem Fahrdamm, und dennoch habe ich sie vor Augen – als ein mentales Bild, wie sie Texte, die wir kennen, in uns erzeugen.

Es gibt aber noch eine andere, stärkere Spur, die mich mit dem Jiddischen verbindet, und auch sie besteht aus Texten. Schon früh ist mir aufgefallen, dass Witze, die in dieser Sprache kursieren, sich mir eingeprägt haben; oder um es genauer zu beschreiben: Die Witze tauchen, sobald sich Gelegenheit dazu bietet, als Assoziationen in meinem Gedächtnis auf.[6] Der Vorgang ist unwillkürlich und lässt sich von mir nicht steuern, in meiner Entscheidung steht nur, ob ich den Witz dann auch erzähle oder es besser lasse.

«Witze» ist indessen nicht die richtige Wortform. Ich nenne mein Buch «Der jiddische Witz», denn so, im Singular, ist das Wort vielschichtiger. Es schließt die lustigen Geschichten ein, die den Gattungsnamen «Witze» tragen, es deutet jedoch auch darüber hinaus, steht synonym für das, was man im Deutschen «Geist», im Französischen «esprit» nennt.[7] Der Witz des Jiddischen hat mich seit jeher angezogen, und so glaube ich auch Kafkas Rede zu verstehen. Er spricht vom «ruhigen Lauf» des jüdischen, «so geordneten» Lebens in Prag, stellt ihm den Jargon gegenüber, der keine Ordnung, ja nicht einmal eine Grammatik erträgt, und fragt das Publikum, wer «könnte aus einer solchen Ordnung der Dinge heraus den verwirrten Jargon verstehen oder wer hätte auch nur die Lust dazu?».

Die Ordnung der Dinge aber, die Kafka hier im Sinn hat, ist eine tödliche Ordnung. Das wissen wir nicht nur aus der späteren Geschichte dieser Juden, wir wissen es auch aus den Werken, die Kafka bald nach der Rede zu schreiben begann. Hier liegt die Anziehungskraft, die das Jiddische für ihn hatte. Im Jargon erkannte er nicht nur die Widerspenstigkeit, er erkannte auch den Duktus eines Idioms, der seiner eigenen Poetik der doppelten Bewegung entsprach: Der aus Armut und Verfolgung geborenen Not steht ein Lächeln entgegen, das überall in dieser Sprache zu spüren ist.

Die Ostjuden haben nie in der Illusion gelebt, angekommen zu sein, «arriviert», wie die Juden im deutschen Kulturraum es glaubten, bevor sie die bittere Wahrheit erfahren mussten. Ihre *schtétlach*[8] waren eng und schmutzig, ihr rechtlicher Status war eingeschränkt, und der Gegensatz zwischen der Wirklichkeit und dem Mythos ihrer Auserwählung, den sie im täglichen Gottesdienst zelebrierten, war offenkundig. Daher ist das Jiddische eine zutiefst ironische Sprache, und unbewusst muss mir das gefallen haben, als ich im Nachkriegsberlin heranwuchs.

Denn auch meine Situation war ironisch, das konnte mir nicht entgehen, während ich älter wurde. Den Krieg hatten meine Eltern im Versteck vor den Nazi-Mördern überlebt, doch dann machten sie ausgerechnet die ehemalige Hauptstadt des Dritten Reiches zu ihrem Wohnsitz, und je mehr ich über die Vergangenheit erfuhr, desto unerklärlicher wurde mir ihre Entscheidung. Ich verstehe sie bis heute nicht.

Aus der persönlichen Erfahrung einer absurden Existenz aber will mir scheinen, dass die jiddische Sprache wie geschaffen ist für das Absurde. Sie zwingt ihren Sprechern nicht nur die Ironie auf, sondern mehr noch die Selbstironie: die Erkenntnis, dass ihr Leben falsch ist und dass sie viel Humor brauchen, um es auszuhalten. Als Kafka vom Jargon sprach, erkannte er die Angst auf den Gesichtern seiner Zuhörer, weil ihnen diese Sprache unheimlich war. Mir aber, dem nach Auschwitz Geborenen, erscheint sie nicht unheimlich, sondern subversiv, und deshalb gefällt sie mir: Sie hinterfragt eine Ordnung, in der die Menschen ihr Leben führen, als würde es sie wirklich geben.

Wie tief diese ironische Skepsis in den Narrativen des Ostjudentums verankert ist, illustriert eine kleine Geschichte:

> Ein Reisender kommt aus dem Bahnhof und bittet einen auf dem Vorplatz wartenden Kutscher, ihn in das nahegelegene Schtetl zu fahren. Der Mann steigt in den Wagen, der Kutscher hebt den Koffer auf die Ladefläche, und die Fahrt beginnt.

Der Weg führt bergan. Nach einer Weile steigt der Kutscher vom Bock und geht neben dem Wagen her.
Bald darauf nimmt er auch den Koffer herunter. Durch das Fenster beobachtet der Fahrgast, wie er ihn neben dem Wagen bergauf trägt.
Die Fahrt wird immer langsamer, und schließlich, schon kurz vor dem Ziel, spricht der Kutscher durch das Fenster zu seinem Kunden:
«Verzeihen Sie, hier ist der Berg besonders steil. Mein Pferd ist schon alt, und die Steigung fällt ihm schwer. Macht es Ihnen etwas aus, die letzten Schritte zu Fuß zu gehen?»
Der Fahrgast steigt ab. Neben dem Kutscher und dem Wagen geht er bergauf, denkt eine Weile nach, und dann sagt er:
«Alles habe ich verstanden. Ich bin hier, weil ich ins Schtetl muss. Sie sind hier, weil Sie etwas verdienen müssen. Aber sagen Sie mir – warum ist das Pferd hier?»[9]

Ist das nur ein Witz, der uns zum Lachen bringen soll – oder ist es nicht eher so, dass er uns nachgeht, nachdem wir ihn gehört haben? Der Text endet mit einer Frage, und wie in einer Kettenreaktion löst sie weitere Fragen aus. Wer zum Beispiel sind die beiden Männer in dieser Szene, und welche Rolle spielt das Pferd in dem Gespräch zwischen ihnen?

Man kann den Witz, wenn man will, als eine chassidische Geschichte lesen. Dann begegnen sich zwei Männer – der eine ein reicher Herr, der sich einen Wagen mietet, der andere ein armer Kutscher, der sich kein jüngeres Pferd leisten kann –, doch dieser Gegensatz zwischen ihnen verliert sein Gewicht angesichts einer leidenden Kreatur: Einträchtig gehen sie nebeneinander her, um dem armen Tier das Leben zu erleichtern.[10]

Das ist eine romantische Lesart, und die Pointe – «warum ist das Pferd hier?» – rettet uns vor ihrer Sentimentalität. Hier zeigt das Jiddische seine ironische Spitze: Bevor die Geschichte in den Kitsch kippt, wird sie der Lächerlichkeit preisgegeben. Dem Gottvertrauen der chassidischen Deutung steht die irdische Realität entgegen, und der Witz entpuppt sich als eine Szene auf der Bühne des Absurden. Schrittweise übernimmt der Kutscher die Arbeit seines Pferdes, und der um einen Teil der Fahrt geprellte Kunde erlaubt sich zu fragen, wozu man das Pferd überhaupt brauche.

Auch als Allegorie auf das Ende eines Zeitalters lässt der Text sich verstehen. Die jiddischen *schtétlach* liegen im technisch noch kaum entwickelten Osten Europas, das Leben in ihnen ist selbst im 19. Jahrhundert noch weitgehend vorindustriell geprägt. Der Reisende, der aus dem Bahnhof kommt, steht hier für die Moderne, das alte, schwache Pferd symbolisiert eine Welt, die ihrem Untergang entgegengeht, und die Frage, die der Reisende am Ende stellt, ist zugleich ein Todesurteil.

Oder haben wir eine Parodie auf die Denkweise des Talmudschülers vor uns? Der Reisende erlebt Erstaunliches – der Kutscher steigt während der Fahrt ab, durch das Wagenfenster sieht er ihn den Koffer tragen, schließlich wird er gar gebeten, selber auszusteigen –, und er muss sich einen Reim darauf machen. Da denkt er nach und versteht auch alles, nur die Gegenwart des Pferdes kann er sich nicht erklären.

Und das wäre noch nicht alles. Warum will der Reisende denn überhaupt ins Schtetl, was hat er als vornehmer Herr in einer Welt der armen Kutscher und der alten Pferde zu suchen? Könnte es sein, dass er plötzlich Heimweh danach hat, weil die Moderne, in der er sein Glück zu machen versuchte, ihn enttäuscht hat?

Der Auslegungen ist kein Ende, und wir verstehen nun auch besser, was Franz Kafka an dieser Sprache angezogen hat. Er hatte Freude an ihrem dunklen, oft schwarzen Humor, denn nicht selten war ihr Witz so vieldeutig wie die kurzen, epigrammatischen Texte, die er selber schrieb.

Diesem Witz des Jiddischen in seiner vielschichtigen Bedeutung gehe ich in den folgenden Kapiteln nach. Dabei sind nicht – oder kaum – jene pointierten Geschichten gemeint, die man gewöhnlich «Witze» nennt und die uns erheitern, weil wir in ihnen Vertrautes wiedererkennen: eine jiddische *Mamme*, die ihren Sohn allzusehr bemuttert; einen Wunderrabbiner, der keine Wunder vollbringt; einen Heiratsvermittler, der seinem Kunden eine Braut anpreist, die alles andere als schön ist. Solche Witze liegen in unzähligen Sammlungen vor, und ich werde sie hin und wieder erwähnen, aber hier geht es um etwas anderes.

Warum ist das Pferd hier? Auch das Lächeln, das diese Frage in uns auslöst, beruht auf einem Wiedererkennen, aber das Gedächtnis, aus dem es kommt, ist komplizierter. Es holt keine Schablonen hervor – keine jiddische *Mamme*, keinen Wunderrabbiner, keinen Heiratsvermittler, die sich endlos wiederholen und in Wirklichkeit keinem Gedächtnis, sondern nur bedingten Reflexen entspringen. Das Lächeln dagegen, das in uns aufkommt, während der Fahrgast seine Frage stellt, setzt ein Denken in Gang: eine Palette der Deutungsmöglichkeiten, die die Geschichte uns anbietet.

Darum soll es im Folgenden gehen. Im ersten Kapitel gibt eine Reihe solcher Geschichten, diesmal im jiddischen O-Ton, uns Einblick in eine alte, versunkene Welt. Dann folgen drei Kapitel über die Klassiker der jiddischen Literatur – Mendele Moícher Sfórim, Scholem Alejchem, Jizchok Leib Perez –, die den Witz dieser Sprache in Kunst verwandelt haben. Im fünften Kapitel schauen wir uns an, was mit dem jiddischen Witz geschieht, wenn man ihn ins Deutsche übersetzt.[11] Und im Epilog schließlich gehen wir über die Grenzen des Jiddischen hinaus, wenden uns dem Buch zu, das Sigmund Freud über den Witz geschrieben hat.

## Erstes Kapitel

# Im Mutterschoß der *mámeloschen*

Das Jiddische war die Umgangssprache des sogenannten Ostjudentums. Nicht zufällig ist dieses deutsche Wort zum internationalen Begriff für die Juden Osteuropas geworden, die Hitler später vernichtete. Denn ursprünglich entstand es, weil die ‹Westjuden›, die seit Moses Mendelssohn die deutsche Kultur angenommen hatten, sich von den ‹Ostjuden› abzugrenzen suchten, und ihr erstes Unterscheidungsmerkmal war die Sprache: Die Westjuden verwendeten das Deutsche, die Ostjuden sprachen Jiddisch.

Eine Ironie liegt über dieser Unterscheidung. Das Jiddische begann sich um die Wende zum zweiten Jahrtausend n. Chr. herauszubilden, als die ersten Juden das Rheinufer besiedelten, die deutschen Dialekte ihrer Umgebung erlernten und sie allmählich – angereichert durch das Hebräische aus den Texten ihrer Religion – zum Grundstock einer eigenen Binnensprache machten. Im späten Mittelalter wurden sie vertrieben und siedelten sich zumeist im Osten an, im Doppelstaat Polen-Litauen, in der Ukraine und in Russland.

Ihre Sprache aber nahmen sie mit, und den deutschen Ursprung haben sie nie verleugnet. Lange bevor sie zu Ostjuden wurden, trugen sie den sehr viel älteren hebräischen Namen *Aschkenásim* – Bewohner der deutschsprachigen Länder.

Die Ironie der Unterscheidung zwischen Westjuden und Ostjuden gewinnt ihre Tiefe aus einem Narzissmus der kleinen Differenzen. Eine jüdische Avantgarde, die seit dem Ende des 18. Jahrhunderts ihr zukünftiges Heil im deutschen Kulturraum suchte, schnitt sich von ihren eigenen Wurzeln ab. Sie empfand das aus einem alten Deutsch und dem Hebräischen entwickelte Jiddisch als

Sprache der Un-Kultur und drückte ihm das Stigma der Zurückgebliebenheit auf.

Das Jiddische geriet in Legitimationszwang, und nicht nur vom Westen her. Während die Französische Revolution eine Illusion der Gleichstellung schuf, brach im Osten das Königreich Polen zusammen, in dem die *Aschkenásim* lange eine einzigartige Freiheit genossen hatten. Ihre *schtétlach* kamen nach den polnischen Teilungen unter neue Herrschaftsstrukturen, sie mussten sich dem Reglement der Russen, der Österreicher und der Preußen unterwerfen, und auch innerhalb des ostjüdischen Lebensraumes entstand nun ein Widerstand gegen das Jiddische. Im Kampf der mitteleuropäischen Nationalitäten suchten die Juden sich neu zu profilieren, und ihre Intellektuellen, die *Maskilím*, propagierten die alte Sprache ihrer Nation: das Hebräische.

Im 19. Jahrhundert erfährt das Jiddische seine große Krise. Die Ostjuden lebten jetzt in drei politischen Systemen, die schon bald darauf, im Ersten Weltkrieg, ihr Ende fanden. Die beiden Sprachen, aus denen es sich weitgehend gebildet hatte – das Deutsche und das Hebräische –, drängten aus der Verbindung heraus und boten ihre jeweiligen Auswege vor der drohenden Katastrophe an. Das Jiddische aber hielt diese Spannung aus, und seine Krise wurde zu seiner Blütezeit. Seit der zweiten Hälfte des Jahrhunderts entstand seine große Literatur, und die Lebensdaten ihrer Klassiker – Mendele Moícher Sfórim (1835–1917), Jizchok Leib Perez (1852–1915), Scholem Alejchem (1859–1916) – umspannen die Zeit, in der die Sprecher des Jiddischen den Boden unter ihren Füßen verloren.

Ironie auch hier, und bei den drei Autoren werden wir später sehen, wie sehr die jiddische Literatur von ihr geprägt wurde. Ihre Doppelbödigkeit verdankt sich nicht nur der Kunst der Erzähler, es ist die Sprache selbst, die in ihr zum Klingen kommt. Ein ganzes Volk hat sie geformt, um seiner prekären Existenz Ausdruck zu geben, und noch bevor sie Eingang fand in die Texte der Schriftsteller, schuf sie eine mündliche Überlieferung.

Zu ihren prägnantesten Formen gehört der jiddische Witz. Es ist nicht ganz einfach, dem deutschen Leser einen authentischen Eindruck von ihm zu vermitteln, weil das Jiddische nicht in lateinischen, sondern in hebräischen Lettern geschrieben wird. Vor dieser Schwierigkeit stand schon Immanuel Olsvanger, als er nach dem Ersten Weltkrieg unter dem Titel *Rosinkess mit Mandlen* eine lateinisch transkribierte Sammlung jiddischer Texte aus dem Volksmund herausgab.[1] «Die nachfolgenden Geschichten und Lieder sind im Auftrage der Schweiz. Kommission für jüdische Volkskunde in der Schweiz aufgenommen worden», heißt es im Vorwort. Seine Erzähler sind «in der Schweiz wohnende Kaufleute und Studenten aus Russland und Galizien», anderes hörte er von «jüdischen Flüchtlingen aus Jerusalem, die auf ihrer Reise nach Amerika sich einige Wochen in der Schweiz aufhielten». (X)

Im Schatten historischer Umbrüche wird eine Stimmung des Endes spürbar, der Wunsch, ethnographisch zu konservieren, was sich bereits im Stadium der Auflösung befindet. Mit deutschen Sammlungen jüdischer Witze, wie sie um die Jahrhundertwende und später nach dem Zweiten Weltkrieg erschienen, hat Olsvangers Arbeit nichts zu tun.[2] Als Folklorist und Philologe, der mit dem Jiddischen aufgewachsen war, hält er zwei Jahrzehnte vor der Vernichtung in den 389 Stücken seiner Sammlung den Klang einer gefährdeten Sprache fest, um ihn vor der «Vergessenheit zu schützen». (XLIV)

*Ir darft wissen sajn*, so beginnt das 78. Stück,[3] *as der erschter fun di Rêjtschilds is gewen reb Anschel, take reb Anschel Rêjtschild.* Sie müssen wissen, – so beginnt diese Geschichte, denn in der mündlichen Überlieferung spricht der Erzähler zu einem Publikum –, dass der erste der Rothschilds Reb Anschel war, eben Reb Anschel Rothschild.

Die erklärende Einleitung ist sinnvoll, denn die Geschichte geht weit zurück, und nicht jeder weiß, wer das berühmteste der jüdischen Bankhäuser gegründet hat. Mayer Amschel Rothschild (1744–1812) wohnte sein Leben lang in der Frankfurter Judengasse, zu Reichtum kam er in der Aufbruchszeit nach der Französischen Revolution. Später, in London und Paris, stiegen seine Nachkommen in den Adel der Hochfinanz auf, sie hießen Lord und Baron, hier aber sind wir noch in der Judengasse: Der Gründer der Dynastie trägt den jiddischen Ehrentitel Reb, eine Kurzform für Rabbi, die der traditionellen Bildung des Angeredeten gilt. Auch Reb Anschel hat sie erhalten, er war auf einer Jeschiwa, einer Talmud-Schule, in Fürth, und das gehört, wie wir bald sehen werden, zu den Voraussetzungen des Witzes.

*Is zu-n-em a mol gekumen a id, a m'schulach fun epess a j'schiwe.* So lautet schon der zweite Satz, denn wo von einem reichen Mann die Rede ist, darf auch der Bittsteller nicht fehlen; in einer jiddischen Geschichte hat der Reichtum keinen Wert, wenn er nicht mit der Gemeinde geteilt wird. Im Deutschen heißen diese Bittsteller Schnorrer, im Jiddischen aber werden sie ehrenvoller behandelt. Der Jude, der hier zu Reb Anschel kommt, ist der *m'schúlach* einer Jeschiwa, das Wort ist Hebräisch und bedeutet ‹Gesandter›.

Solche Gesandte hat Rothschild freilich schon zur Genüge gesehen, *Reb Anschel hot sach schêjn gehat ongesen m'schulochim genug.* Er weist ihn ab, doch der Mann bleibt hartnäckig, und Rothschild stellt ihn auf die Probe. [*W*]*en er ken em sogen, woss er darf, in ejn ejnzigen wort, wet er em aussheren*: Kann er sein Anliegen in ein einziges Wort fassen, so will er ihn anhören. Der Gesandte ist einverstanden, sie treten ins Haus, und Reb Anschel fordert ihn auf, zu sprechen.

*«‹Nu, sogt ajer wort.› Sogt der m'schulach: ‹Gemore›. Tracht sich Rêjtschild: ‹Eh!› un sogt zum m'schulach: ‹Ich se doch, as ir mejnt epess mit dem, is sogt, woss hejsst ess?›»*

Der Gesandte sagt sein einziges Wort, und Rothschild versteht es natürlich. ‹Gemóre›, jiddisch ausgesprochen, meint die Gemara, den letzten Teil der rabbinischen Kommentare, die im Talmud zusammengefasst sind. Das Jiddische verwendet ‹gemóre› als Synekdoche für das gesamte Studium der heiligen Schriften – als Codewort für die traditionelle Bildung, die die beiden Gesprächspartner noch miteinander teilen –, doch der Gesandte hat den Spieß jetzt umgedreht. Es ist Reb Anschel, der auf die Probe gestellt wird, und er kann sich auf das Wort keinen Reim machen. «Ah!», denkt er überrascht und muss nachfragen, was es hier zu bedeuten hat.

*Entfert der m'schulach: «Woss sol doss hejssen! Gemore macht: guten morgen, Reb Anschel!»*

Um die Antwort zu verstehen, muss man wissen, dass Worte aus der religiösen Tradition im Jiddischen nicht phonetisch geschrieben werden, sondern nach der Orthographie der Überlieferung; ‹Gemara› also nicht ‹gemóre›, sondern g-m-r-Aleph, nach den Regeln des hebräischen Alphabets, das keine Vokale kennt.[4] Die Antwort ist witzig, weil sie ‹Gemara› als Akronym für einen unverfänglichen Morgengruß an den Hausherrn ausgibt; und zugleich ist sie eine elegante *captatio benevolentiae*, die ihre Wirkung nicht verfehlt. Angetan von der Schlagfertigkeit des Gesandten, erlaubt ihm Rothschild ein weiteres Wort, wenn auch wiederum nur ein einziges.

*Sogt der m'schulach: «Gemore».* Der Gesandte sagt noch einmal das gleiche Wort, und das Rollenspiel des Witzes pendelt sich nun ein. *Tracht sich Rêjtschild: «Eh, eh!» un sogt: «Woss is wajter gemore? woss hejsst doss?» Sogt der m'schulach: «Woss sol doss hejssen? Gemore macht: git mo'ess, reb Anschel».*

Alles beruht hier auf der Wiederholung, bis zur Pointe. Abermals fragt Rothschild nach dem Sinn des Wortes, erneut gibt der Gesandte es als Akronym aus, nur sagt er diesmal nicht ‹guten Morgen›, sondern ‹*git* [gebt] *mo'ess*›. Das Wort ist ursprünglich Hebräisch, *ma'ót*, es bedeutet Münzen oder Geld, und über die Redewendung «Wo der Barthel den Most holt» ist es auch ins Deutsche gelangt. In der Verballhornung ist noch ein Nachklang der jiddischen Aussprache zu hören.[5]

Auch diese Antwort gefällt Rothschild, jetzt greift er in die Tasche und gibt dem Gesandten eine Geldsumme, die seinem großen Namen freilich nicht entspricht. Deshalb überrascht die Fortsetzung nicht, denn wie in vielen volkstümlichen Geschichten herrscht auch hier die Dreizahl. Reb Anschel bemerkt, dass der Gesandte schweigend stehen bleibt, und er stellt ihn zur Rede.

*«Nu, woss schtejt ir? woss schwaigt ir?» Schtejt der m'schulach waiter un macht: «mme, mma»; er tor doch nit rejden!* Ein kurzes Intermezzo der Stummheit, denn der Gesandte hat keine Redeerlaubnis. Rothschild begreift, nachträglich erteilt er sie ihm, und nun kommt die Geschichte an ihr Ende.

*Git sich der m'schulach wajter a sog: «Gemore». Tracht sich Rêjtschild: «Eh, eh, eh!» un fregt: «Woss heisst wider gemore?» Entfert der m'schulach: «Woss sol doss hejssen? Gemore macht: git mer, reb Anschel». Hot Rêjtschild sach schtark faranandergelacht, un er hot gegeben dem m'schulach take a fajne n'dowe.*

«Gebt mehr, Reb Anschel»: So deutet der Gesandte sein Akronym nun zum dritten Mal, Rothschild bricht darüber in ein lautes Lachen aus und belohnt ihn mit reicher Spende.

Was sich wie eine der zahlreichen Anekdoten um den legendären Gründer des Bankhauses ausnimmt, ist in der von Olsvanger mitgeteilten Form mit Sicherheit apokryph. Die Stücke seiner Sammlung hält er in einem Jiddisch fest, das in Litauen üblich war,[6] und diese Sprache wurde in der Frankfurter Judengasse nicht gesprochen, schon gar nicht an der Wende zum 19. Jahrhundert, als Reb Anschel zu Mayer Amschel Rothschild wurde. Der Sprachenkampf, in dem das Deutsche sich aus dem Jiddischen löste, war bereits in vollem Gange, und Reb Anschel sprach das sogenannte Judendeutsch. Es war dem Deutschen sehr viel näher als das Jiddische, das die Anekdote ihm in den Mund legt.[7]

Die Sprache des Witzes ist anachronistisch, und das macht ihn in mehrfacher Hinsicht nostalgisch. Nicht erst die Sammlung *Rosinkess mit Mandlen* will das Jiddische noch einmal zum Klingen bringen, bevor ihm der Untergang droht. Auch der Volksmund selbst, der diese Geschichten geschaffen hat, spürt die Gefahr und gibt der alten Sprache noch dort ihr Recht, wo sie schon nicht mehr üblich ist. Rothschild erlaubt dem Gesandten ein einziges Wort, als wolle er ihn zum Schweigen bringen. Doch mit dem dreifachen Glockenschlag der ‹gemóre› wird er nicht nur an die Pflichten der Tradition erinnert. Die witzigen Auslegungen des Gesandten eröffnen auch einen jiddischen Dialog und lassen den reichen Mann am Ende laut auflachen. *Hot Rêjtschild sach schtark faranandergelacht*: Seit Freud wissen wir, dass das Gelächter im direkten Verhältnis zur seelischen Anspannung steht, mit der ein Witz gehört wurde, und Rothschilds Reaktion dürfen wir als das Zeichen einer verborgenen Ehrfurcht deuten.

Der Witz begegnet einer Wirklichkeit, in der es wenig zu lachen gibt, und er folgt einer Sehnsucht. Die Geschichte um Reb Anschel ist entstanden, als die Macht der Rothschilds längst über die Frankfurter Judengasse hinausgewachsen war, und dabei mussten sie sich von ihren Ursprüngen lösen. Ihr Aufstieg fand unter den historischen Bedingungen einer Moderne statt, in der die jiddische Kultur nicht überleben konnte, der Volksmund jedoch kehrt noch einmal an den Ausgangspunkt seiner Sehnsucht zurück: Er kreiert den fiktiven Augenblick einer alten Verbindung, die es so nie gegeben hat.

Die an das Jiddische geknüpfte Sehnsucht ist dem Namen eingeschrieben, den es im Volksmund trägt – *mámeloschen*. Übersetzt man ihn als «Muttersprache», stellt sich das bald als Irrtum heraus. Für einen Deutschen oder Franzosen, einen Engländer oder Chinesen bezeichnet dieses Wort aus der Linguistik jeweils etwas anderes, *mámeloschen* hingegen ist ein existenzieller Begriff, der nur das Jiddische meint. Erklärt man ihn mit der starken Mutterbindung, die in jüdischen Familien oft zu beobachten ist, so bleibt doch eine Ambivalenz – zahlreiche Witze über die jiddische *Mamme* oder die jüdischen Ehefrauen zeigen an, dass sie vielleicht geliebt, mehr aber noch gefürchtet werden.

Alle Sehnsucht trägt Ambivalenzen in sich, und im Verhältnis der Juden zu ihrer *mámeloschen* treten sie offen zutage. Schon ihre Verbreitung im Osten Europas ist nicht selbstverständlich. Sie entstand an den Ufern des Rheins, und als ihre Sprecher vertrieben wurden, hätten sie mit ihren Peinigern auch deren Sprache hinter sich lassen können, aber sie taten es nicht, nahmen das Jiddische mit sich als Zeichen ihrer Identität.[8] Und noch die Blütezeit der jiddischen Literatur seit dem späten 19. Jahrhundert hat ihre Wurzeln in dieser Ambivalenz: Die Träger der hebräischen Aufklärung in Osteuropa, die *Maskilím*, erklärten der *mámeloschen* den Krieg, sie konnten ihr Publikum aber nur auf Jiddisch erreichen und schufen so, fast gegen den eigenen Willen, ihre berühmten Werke.[9]

## *Soziologie des Humors*

Es verwundert kaum, dass der jiddische Witz in solchen Unstimmigkeiten seine Stoffe gefunden hat, und drei Beispiele aus den verschiedenen Phasen der Krisenzeit sollen es veranschaulichen. Das erste Beispiel kommt aus dem Österreich des 19. Jahrhunderts und wird hier in der Form zitiert, in der Sigmund Freud es erzählt.

*Der Arzt, der gebeten worden ist, der Frau Baronin bei ihrer Entbindung beizustehen, erklärt den Moment für noch nicht gekommen und schlägt dem Baron unterdes eine Kartenpartie im Nebenzimmer vor. Nach einer Weile dringt der Wehruf der Frau an das Ohr der beiden Männer. «Ah mon Dieu, que je souffre!» Der Gemahl springt auf, aber der Arzt wehrt ab: «Es ist nichts, spielen wir weiter.» Eine Weile später hört man die Kreißende wieder: «Mein Gott, mein Gott, was für Schmerzen!» – «Wollen Sie nicht hineingehen, Herr Professor?» fragt der Baron. – «Nein, nein, es ist noch nicht Zeit.» Endlich hört man aus dem Nebenzimmer ein unverkennbares: «Ai, waih, waih!» geschrien; da wirft der Arzt die Karten weg und sagt: «Es ist Zeit.»*[10]

Freuds psychoanalytisches Gespür hört den elementaren Schmerz heraus, der die Kruste aller angelernten Kultur durchbricht, interessant ist dieser Witz aber ebenso als ein soziologisches Vexierbild des assimilierten Judentums in Mitteleuropa. Die Frau Baronin ist eine Jüdin, das ist die offensichtliche Pointe des Witzes, aber ist sie es noch immer? Anders gefragt: Sind Herr Baron und seine Gemahlin auch reich genug, um wie die Rothschilds in den Adelsstand erhoben zu werden, ohne dass sie sich vorher haben taufen lassen?

Denkbar ist es, und das Französisch, in dem sie anfänglich klagt, wäre dann die Sprechweise der *nouveaux riches*, zu denen das Ehepaar gehört. Vielleicht aber würde ein reicher Baron mit dem Arzt gar nicht Karten spielen, und es ist anders: Die Eheleute, Aufsteiger aus dem Bürgertum, sind längst getauft, und auch der Arzt, der Herr Professor, ist ein Konvertit – er kennt sich aus in diesen Kreisen und hat den Sprachenwechsel im Nebenzimmer schon oft gehört.

Es sind Varianten, die man beim Hören des Witzes durchspielt, ohne der einen oder der anderen den Vorzug zu geben. Der Witz beantwortet keine Fragen, er wirft sie nur auf, und waren sie schon in der Frankfurter Judengasse kaum zu entscheiden, so sind sie im Haus des Barons noch vielschichtiger geworden. Denn wer erzählt diesen Witz, welcher ‹Volksmund› hat ihn erfunden? Beherrscht der verborgene Sprecher noch die *mámeloschen*, oder ist sie auch ihm schon fremd geworden und zum bloßen «Ai, waih, waih» verkümmert, karikiert er in dieser Geschichte auch seine eigene Assimilation?[11]

Das zweite Beispiel ist eine Anekdote, die über den jiddischen Schriftsteller Schalom Asch (1880–1957) erzählt wird. Salcia Landmann teilt sie in einer zweisprachigen Sammlung mit, die neben der deutschen Übersetzung auch das jiddische Original in lateinischen Lettern bringt.[12]

*In Berliner ‹Romanischn kafehojs› senen gesessn jidische un dajtschjidische schrajber. Men hot gefirt a hizikn wiku'ech* [Disput] *wegn dem, welche schprach ojf der welt is di schensste.*

Ort und Zeit der Anekdote sind genau umrissen. Das Romanische Café, 1916 an der Gedächtniskirche eingerichtet, bezeichnet schon die Spätphase der Berliner Bohème. Das alte Café des Westens gab es nicht mehr, die Künstler und Literaten der Stadt machten es zu ihrem neuen Treffpunkt, und hier saßen auch die Intellektuellen, die nach dem Ersten Weltkrieg als Flüchtlinge nach Berlin gekommen waren. Zu ihnen gehörten viele jiddische und hebräische Schriftsteller, deren osteuropäische Welt sich in Auflösung befand. Bis 1924 war die Stadt ein vibrierendes Zentrum jiddischer Kultur, doch dann – so plötzlich, wie sie gekommen waren – gingen sie wieder nach Warschau und in andere Orte zurück. Der kurze Versuch, im Westen eine neue Heimat zu finden, hatte sich als Illusion erwiesen.[13]

In den Jahren, in denen Olsvanger in Zürich seine Sammlung anlegt, um eine untergehende Kultur festzuhalten, sitzt Schalom Asch mit jüdischen und deutschjüdischen Schriftstellern im Romanischen Café. Man fragt nach der schönsten Sprache, Lion Feuchtwanger plädiert für das Französische, der aus dem Osten stammende hebräische Dichter und Übersetzer Saul Tschernichowsky zieht das Russische vor. Dann kommt die Reihe an Schalom Asch.

*«– Un mir dacht sich, as di schenste schprach oif der welt is jiddisch.»*

*«– Farwoss epess jiddisch?»* – *wundern sich di pen-chwejrim* [Schriftstellerkollegen].

*«– Wajl men farschtejt jedess wort!»*

Die Vielsprachigkeit war in die Welt gekommen, als der Turm zu Babel gebaut wurde und Gott die Menschen dafür bestrafte. Jetzt, nach der Katastrophe des Ersten Weltkriegs, sitzen drei Juden in Berlin und wollen diesem Unglück eine Ästhetik abgewinnen, sie suchen nach der schönsten Sprache der Welt. Doch weder Feuchtwanger noch Tschernichowsky nennen die Sprache, in der sie schreiben, nur Schalom Asch steht zu ihr.

*Wajl men farschtéjt jedess wort*: Das ist nicht lexikalisch gemeint, das greift tiefer. Auch Asch war ein *Maskíl* gewesen, der zunächst Hebräisch geschrieben und erst später zum Jiddischen gefunden hatte. Den Ersten Weltkrieg überlebte er in New York, und bald würde er wieder nach Russland gehen, bevor er vor den Nazis zum zweiten Mal nach Amerika floh und seinen Lebensabend schließlich in Israel verbrachte. Die Welt ist ihm in die Brüche gegangen, aber hier, kurz vor ihrer endgültigen Zerstörung, bekennt er sich noch einmal zu seiner *mámeloschen*, spricht eine letzte Geborgenheit aus.

Das dritte Beispiel ist bereits ein Abgesang. Der Zweite Weltkrieg ist zu Ende, der Staat Israel ist gegründet, auf dem Karmel-Markt in Tel Aviv führt ein Überlebender der Schoah seinen Obststand und preist die Ware an. «*Tapuchéj ez*», ruft er, «*tapuchéj ez!*»

So heißen Äpfel auf Hebräisch. Ein alter Bekannter kommt vorbei und bleibt stehen.

«*Wos schrajst di?*» *frejgt er im.*

«*Eppelach, eppelach!*»

«*Farwoss redst di nischt mámeloschen?*»

«*Oi*», *entfert er*, «*mir senen doch in góles.*»[14]

Wir sind doch in *góles*: In jiddischer Aussprache ist das ein zentrales Wort des jüdischen Selbstverständnisses. Auf Hebräisch heißt es Galút, und man kann es ‹Exil› nennen, aber Galút – oder besser: *góles* – verhält sich zu Exil wie *mámeloschen* zu Muttersprache. Das Exil hat viele Formen, als Galút aber ist es nur den Juden vorbehalten. Auf Deutsch heißt es Zerstreuung, in der Welt des Hellenismus, wo es zuerst übersetzt wurde, nannte man es Diaspora, aber das sind nur annähernde Umschreibungen. Wer die Galút verstehen will, muss eine Vorstellung davon haben, was für die Juden als Heimat galt.

Das war nicht unbedingt ein geographischer Ort, wie der Zionismus ihn fordert. Im Gegenteil: Die Galút war Jahrtausende alt – so alt wie die Klagemauer, Restbestand des zerstörten Tempels –, und die Juden mussten sich in ihr einrichten, mussten in ihr ihre Heimat finden. Das taten sie in vielen Ländern: in ihren Synagogen, die an die Stelle des Tempels traten und nicht nur Bethäuser waren, sondern die Orte ihrer Gemeinschaft, jahrhundertelang in ihren osteuropäischen *schtétlach*, in denen sie ein fast autonomes Leben führten, und dort in ihrer Sprache, der *mámeloschen*.

In Tel Aviv aber haben die Hebräer das Wort, und wer hier Äpfel verkaufen will, darf nicht mehr Jiddisch sprechen. «*Oi*», klagt der Obsthändler, «*mir senen doch in góles*.» Eine heimatlos gewordene Sprache nimmt noch einmal ihre kleine Rache: Die Zionisten führen das Volk der Juden ins Land ihrer Väter, sie bilden sich ein, die Galút beendet zu haben – die *mámeloschen* aber weiß es besser.

In seinen besten Stücken ist der jiddische Witz gar nicht zum Lachen. Vom sprachlichen Anachronismus in der Frankfurter Judengasse bis zum Redeverbot in Tel Aviv wird eine Schwermut spürbar wie in der Frage nach dem Pferd, das keine Kraft mehr hat, den Wagen zu ziehen. Diese Schwermut gibt kein Gelächter frei, sondern nur ein Lächeln der Reflexion, und man lächelt mehrmals dabei: Zuerst, wenn man die Pointe hört, und später noch öfter, wenn ihre Kehrseite ins Licht rückt – die Traurigkeit dieser Geschichten von drohender Entfremdung und verleugneter Herkunft, von zerbrechenden Welten und verordneter Sprachlosigkeit. Und dennoch lächelt man.

Die deutsche Sprache kennt ein «befreiendes Lachen» – Freud macht es zum Kriterium der witzigen Pointe, zur psychischen Energie, die einen zuvor vom Witz selbst im Inneren des Hörers gestauten Druck sprengt. Gerade dies aber lässt die Befreiung zweischneidig erscheinen. Die Sprengkraft solcher Witze ist aggressiv, ja zuweilen so groß, dass sie den Lachenden «schüttelt» und keineswegs befreit, sondern nur in eine neue, andere Gefangenschaft nimmt.

Nicht so dagegen ein Lächeln. Während das oft aus dem unbeherrschten Reflex geborene Lachen der Psyche zu nahe tritt, entsteht das Lächeln aus einer Distanz, stellt sich mit der Verspätung des Nach-Denkens ein. Beim jiddischen Witz ist das sicher kein Zufall. Die Geschichte der Juden wird von Texten begleitet, die ihnen das Heil versprechen; da es aber noch nicht eingetreten ist, haben sie gelernt, ihre Texte ständig zu hinterfragen, sind zu Meistern der Hermeneutik geworden, und so überrascht es auch nicht, dass sich viele Geschichten des jüdischen Volksmundes einer mehrfachen Sinndeutung öffnen.

Von einem guten, aber nicht sehr klugen jungen Mann im Schtetl wird erzählt, dass es schwerfiel, eine passende Tätigkeit für ihn zu finden. Da beschloss man, er solle am Tor sitzen und Ausschau halten nach dem Messias, um seine Ankunft zu melden. Dafür setzte ihm der reichste Mann des Schtetls ein freilich nicht sehr üppiges Gehalt aus.

*«Ss'is take nischt kajn ssach», verentfert sach der gwir, «nor er hot parnósse ojf saan ganzen lejbn.»*[15]

«Es ist zwar nicht sehr viel», entschuldigt sich der reiche Spender, «aber er hat ein Einkommen für sein ganzes Leben.» Ist das eine Verspottung der jüdischen Messiaserwartung, die jetzt, in den Zeiten der Krise, ihre Überzeugungskraft verliert? Oder ist es anders – drückt sich hier die soziale Verantwortung aus, in der die jüdische Gemeinde, solange der Messias auf sich warten lässt, auch für ihre armen Tölpel zu sorgen hat?

## *Reich und arm*

Auf Deutsch heißt das hebräische Wort *parnassáh* so viel wie Lebensunterhalt. In der Bibel findet es sich noch nicht, dort sorgt Gott selbst für sein Volk, erst später taucht es im rabbinischen Schrifttum auf. Die Galút ist nicht leicht, der Lebensunterhalt ist nicht immer gesichert, und im 19. Jahrhundert verlieren die *schtétlach* nicht nur ihre kommunale Autonomie, ihre Einwohner verarmen auch zusehends. Die jiddische Literatur dieser Zeit beschreibt sie als *luftmentschn*,[16] als bodenlose Gesellschaft, und das Musical *Anatevka* – Scholem Alejchems Geschichte vom armen Milchmann Tewje – heißt im Original nicht zufällig *Fiddler on the Roof*. Der Titel spielt auf das bekannte Bild von Marc Chagall an, das einen Geiger über den Häusern des Schtetls zeigt und ein jiddisches Sprichwort illustriert. *Er gejt iber di hajser* bedeutet etwa: Er klappert die Häuser ab, um als Kurzwarenhändler, Schnorrer oder Musikant einen kargen Verdienst herauszuschinden.

Das Wort *parnósse,* jiddisch ausgesprochen, ist zum Hilferuf geworden und meint oft nur noch ein Existenzminimum. Wenn der reiche Spender dem unbedarften jungen Mann am Stadttor «*parnósse ojf saan ganzen lejbn*» verspricht, so kennen die Hörer des Witzes seinen sozialen Kontext nur allzu gut. In der Verarmung der Ostjuden ist seit dem späten 19. Jahrhundert ihre Fluchtbewegung nach Westen begründet, und schon die Wortspiele des Gesandten der Jeschiwa bei Rothschild in der Frankfurter Judengasse halten ihren Traum fest, am legendären Reichtum der Westjuden teilzuhaben.

Der Witz ist auch ein Bild der Gesellschaft, in der er erzählt wird, und deshalb gehört der Gegensatz von reich und arm zu den Konstanten des jiddischen Humors. Oft drückt er eine soziale Kritik aus, und nicht immer schneiden die reichen Männer in ihm so gut ab wie Reb Anschel. *Ess is gewen ejner a id a cháser, a kámzen,* beginnt eine dieser Geschichten, sie trägt den Titel «Eine Andeutung».[17] Die hebräischen Wörter *cháser* und *kámzen* bedeuten ‹Schwein› und ‹Geizhals›, im Jiddischen aber ist *cháser* weniger aggressiv als im Deutschen und meint nur die Habgier eines Menschen. Es ist *schabess,* und an diesem Tag, das gehört zu den Geboten des Judentums, *darf men nemen an ojrach*: Am Sabbat muss man einen Gast aufnehmen. Wie in vielen dieser Erzählungen ist bei dem reichen Geizhals ein *jeschiwe-bocher* eingekehrt, ein Student der Jeschiwa, und auf dem Tisch steht der *brónfen,* das bei den Ostjuden beliebte Getränk – eine Flasche Branntwein.

*Der balaboss hot genumen harte brêjt un hot getunkt in sajn glesel bronfen.*

Der Hausherr, der *balaboss,* hat harte Brotstücke genommen und hat sie in sein Weinglas getunkt. Der Gast dagegen macht es anders.

*Ober der jeschiwe-bocher hot getunkt wejche chale, is mit draj schtiklach chale hot er aussgetunkt di ganze glesel. Asêj hot er sich gegossen un aussgetunkt ejn glesel noch der anderer.*

Der Student der Jeschiwa nimmt die *wejche chále* – das weiche, eigens für den Sabbat gebackene Brot – und tunkt es in sein Glas. Schon mit *draj schtiklach chale* hat er es leergetunkt, und *chále* gibt es genug, so schenkt er sich ein Glas nach dem anderen ein.

*Dem balaboss hot genumen klapen doss harz fun zar.*

In seiner Not beginnt dem Hausherrn das Herz zu klopfen. Nur kann er dem *schabess*-Gast die Flasche nicht einfach wegnehmen, und er muss sich etwas einfallen lassen.

*Sogt er zum jeschiwe-bocher: «Ich farschtej nit. Zu woss hot men gedarft hoben asá grojssen ness* [Wunder] *be j'ziass-mizrajim* [beim Auszug aus Ägypten]*? Mojsche hot doch gekent gebn di iden zu schtiklach wejche chale, wolten sej asoj lang getunkt in jam-ssuf* [Rotes Meer]*, bis der ganzer jam-ssuf wolt aussgetrikent geworen!»*

Wozu, fragt der Hausherr seinen Gast, musste Gott beim Auszug aus Ägypten ein solches Wunder vollbringen und das Meer spalten? Moses hätte den Juden doch nur weiche *chále* zu geben brauchen, die hätten sie solange ins Rote Meer getunkt, bis es ausgetrocknet wäre.

Der Hausherr mag ein Geizhals sein, aber er ist kein Dummkopf. Am Sabbat gehört es sich, über die Tora zu reden, und schon gar mit einem Gast, der die Woche über in der Jeschiwa studiert. Doch auch der Gast ist nicht auf den Kopf gefallen.

*Macht zu-n-em der jeschiwe-bocher: «Je, ober ir hot fargessen, as ess is demolt gewén pejssach, un pejssach tor men doch kejn chale nit essen.»*

Das mag sein, antwortet der Talmud-Student, ein Kenner des Rituals. Sie haben nur vergessen, dass damals Pessach[18] war und man keine *chále* essen durfte. Seinen Branntwein lässt er sich nicht nehmen, und dafür bringt er die Chronologie ein wenig durcheinander: Pessach und seine Speisegesetze gab es beim Auszug aus Ägypten noch nicht, das kam erst später, in Erinnerung an dieses Ereignis.

Nicht alle Pointen sind so unbeschwert. Zwei ehrenwerte Juden sind in einer traurigen Angelegenheit unterwegs. Sie sammeln Geld für einen Händler, der seinen Besitz verloren hat, und sie gehen dabei sehr diskret vor.

*'ss farschtejt sich, as sej wiln nischt megale sajn dem nomen funm jojred.*[19]

Es versteht sich von selbst, dass sie den Namen des Unglücklichen nicht preisgeben wollen. Und so kommen sie auch zu dem reichsten Mann des Ortes.

*Der nogid funm schtetl is grejt zu gebn die gresste nedowe, er wil sich nor derwissn, far wemen kloibt men gelt. Er hechert fun minut zu minut dem ss'chum, ober di jidn schwajgn.*

Der *nogid*, der reichste Mann im Schtetl, ist bereit, eine großzügige Spende zu geben, er will nur wissen, für wen man das Geld sammelt. Von Minute zu Minute erhöht er die Summe, aber die beiden Juden schweigen.

Dann kommt er zur Sache.

*Sogt der nogid: «Ich hob sich nor gewolt iberzaign, zi ir kont haltn a ssod. Izt wejss ich ess ojf sicher un derfar take hob ich zun ajch a bakosche: Sajt asoj gut un klojbt azind ajchet far majnetwegn!»*

Ich wollte mich nur überzeugen, sagt der reiche Mann, dass Sie ein Geheimnis zu wahren wissen. Jetzt bin ich sicher und habe deshalb eine Bitte an Sie: Seien Sie so gut und sammeln Sie auch für mich.

Die Pointe ist ominös. Der Humor des Volksmundes lässt eine ausgleichende Gerechtigkeit walten, und im Witz sind es die Armen, die die Lacher auf ihrer Seite haben. Ihnen gehört das letzte Wort. Indem sie sich über die Reichen lustig machen dürfen, werden sie für ihre Not entschädigt, doch gilt dabei immer eine stille Voraussetzung: Der Reiche muss reich sein.

Auf diesem Grund steht das Schtetl. Seine wirtschaftliche Basis verliert es im 19. Jahrhundert, und nicht zufällig entstehen zur gleichen Zeit die Witze, die die Reichen aufs Korn nehmen. Aber während sie über sie lachen, wissen die Armen, dass sie von ihnen abhängig sind – und in einer Pointe, in der auch der *nogid*, der reiche Mann, selbst seinen heimlichen Bankrott erklärt, nimmt eine ganze Welt ihren Untergang vorweg.

Im 19. Jahrhundert, noch vor der Blütezeit des jiddischen Humors, schreibt Heinrich Heine sein Werk, und es wird großen Einfluss haben auf die jiddische Literatur. Im Jahr 1822 bereist er Polen, die Juden dort hinterlassen einen starken Eindruck auf ihn, und 1840, in seiner Denkschrift über Ludwig Börne, kommt er darauf zurück.

«*[V]or vielen Jahren, als ich in Polen war und mit dem großen Rabbi Manasse ben Naphtali zu Krakau verkehrte*», so lesen wir, «*horchte ich immer mit freudig offenem Herzen, wenn er von dem Messias sprach.*» Dem Talmud zufolge wohne dieser «*im schönsten Palaste des Himmels, […], aber seine Hände seien gefesselt*». Denn sonst könne er, «*wenn er manchmal die Geduld verliert, plötzlich herabeilen und zu frühe, zur unrechten Stunde, das Erlösungswerk unternehmen*».[20]

Das alles ist fiktiv. Es gibt weder den Rabbi Manasse ben Naphtali zu Krakau noch die scheinbar zitierte Talmudstelle. Es gibt nur Heines eigene Vorstellung von der Revolution zur unrechten Zeit, seine Polemik gegen Börne, dem er diese Ungeduld anlastet, und ihre poetische Metapher.

So aber sitzen sie sich gegenüber: im Himmel Heinrich Heines gefesselter Messias – und auf Erden, am Tor zum Schtetl, ein armer junger Mann, der wenigstens *parnósse hot ojf saan ganzen lejbn.*

Exkurs

# Familienglück
## Der Witz der jiddischen Literatur

Dem Juden ist die Familie heilig: Das ist die Regel. Schon in der Bibel ist sie das Leitmotiv, sie zieht sich wie ein roter Faden durch alle ihre Geschichten. Abraham, Sara und Isaak bilden die Keimzelle des Gottesvolkes – Vater, Mutter und Sohn. Alles, was später noch kommen wird, erwächst aus diesem Kern.

Der Witz dagegen verletzt die Regel: Das ist seine Logik. Er weiß, dass Regeln nur gelten, solange man sie ernst nimmt, ja mehr noch – dass sie nur deshalb bestehen, um unserem Leben einen Anschein der Ernsthaftigkeit zu geben. Regeln werden «aufgestellt» wie eine Schutzmauer, hinter der die Lächerlichkeit unseres Lebens verborgen bleibt.

Auch das steht schon in der Bibel. Abraham ist neunundneunzig Jahre alt, als Gott ihm einen Sohn verheißt, und der alte Mann reagiert merkwürdig. «Da fiel Abraham auf sein Angesicht und lachte und sprach in seinem Herzen: Soll mir mit hundert Jahren ein Kind geboren werden, und soll Sara, neunzig Jahre alt, gebären?» (1. Mose 17,17) Wie haben wir diese Szene zu deuten? Kugelt sich Abraham hier vor Lachen, weil ihm die göttliche Botschaft allzu unsinnig erscheint? Oder wirft er sich demütig auf sein Angesicht und lacht vor Freude über das späte Glück, das ihm zuteil wird?

Der biblische Erzähler ist wortkarg, er löst uns die Szene nicht auf. Aber er wiederholt sie noch einmal. Am Zelt des alten Ehepaars spricht Gott seine Verheißung zum zweiten Mal aus, und jetzt ist es Sara, die heimlich lacht. Da sagt Gott zu Abraham: «Warum lacht Sara und spricht: Meinst du, dass es wahr sei, dass ich noch gebären werde, die ich doch alt bin? Sollte dem Herrn etwas unmöglich sein? Um diese Zeit will ich wieder zu dir kommen übers Jahr; dann soll Sara einen Sohn haben. Da leugnete Sara und sprach: Ich habe nicht gelacht –, denn sie fürchtete sich. Aber er sprach: Es ist nicht so, du hast gelacht.» (1. Mose 18,13–15)

Alleinherrscher mögen es nicht, wenn man lacht, sie wollen ernst genommen werden. Gottes Worte verraten mehr, als uns lieb ist: Spricht der Herr, so gibt es nichts zu lachen. Er fährt Sara über den Mund, als wäre seine Ankündigung des Sohnes kein Versprechen, sondern eine Drohung, und bald kommt es noch schlimmer. Er verlangt von Abraham, seinen Sohn zu opfern, und die Szene, in der er ihm dieses Opfer zuerst aufzwingt und schließlich erlässt, gehört zu den erschreckendsten der Bibel.[1]

Gott ist grausam, bevor er sich als «gnädig» erweist, und die Spur der Gewalt führt bis an den Ursprung zurück. «Ich will dir viel Mühsal schaffen, wenn du schwanger wirst», sagt Gott zu Eva, nachdem sie schon von der verbotenen Frucht gegessen hat, «unter Mühen sollst du Kinder gebären.» (1. Mose 3,16) Es ist ein zorniger Herr, der hier spricht. Denn die Fortpflanzung hat er sich als Strafe für den Sündenfall ausgedacht, und so sieht das Ergebnis auch aus: Kaum sind die ersten beiden Söhne zur Welt gekommen, bringt der eine den anderen um.

Das göttliche Familienprogramm ist nicht besonders erfolgreich, und wie ein Schatten begleitet es die biblischen Geschichten. Auch im Hause Abrahams ist der Bruderzwist längst vorbereitet. Mit Hagar, seiner ägyptischen Magd, hat er schon Jahre zuvor einen Sohn namens Ismaël gezeugt, doch als der andere Nachwuchs kommt, schickt er die Magd mitsamt ihrem Sohn in die Wüste. Daraus wird später ein Streit entstehen, der bis heute nicht beigelegt ist.

Nach dem Auszug aus Ägypten stehen die Nachkommen Isaaks am Fuße des Sinai und erfahren die Erwählung. Ihre Chronik wird zur Heilsgeschichte, und während die Kinder Israel zum Gottesvolk mutieren, wird auch das Familienprinzip in den Stand der Heiligkeit erhoben. «Du sollst deinen Vater und deine Mutter ehren», lautet das fünfte Gebot, das am Sinai verkündet wird. «Du sollst nicht ehebrechen», lautet das siebte, und als spreche er zu Schwerhörigen, wiederholt Gott es am Ende des Dekalogs noch einmal: «Du sollst nicht begehren deines Nächsten Weib.» (2. Mose 20,12.14.17) Drei der Zehn Gebote sichern die Ordnung der Familie ab, und in den Jahrtausenden des jüdischen Exils wird sie zur eisernen Regel des kollektiven Überlebens.[2]

Am Anfang aber stand ein verbotenes Lachen. Wie dicht es unter der Oberfläche der jüdischen Familienordnung zu verschiedenen Zeiten spürbar blieb, ist eine Frage der Sittengeschichte, die hier nicht entschieden werden kann. Unser Blick richtet sich nur auf einen beschränkten Zeitraum, auf das 19. und frühe 20. Jahrhundert, in dem die ostjüdische Gesellschaft tiefe Veränderungen erfuhr und schließlich unterging. Der jiddische Witz, dem wir nachgehen, wäre ohne diese Veränderungen nicht entstanden, und auch die Literatur wurde entscheidend von ihm geprägt.

Den Weg in die Moderne gingen zunächst die Juden im Westen. In Preußen und im Reich der Habsburger wuchsen die ersten jüdischen Generationen heran, deren Muttersprache das Deutsche war, und schon früh nahm man auf beiden Seiten die Kluft wahr, die zwischen den verschiedenen Teilen der Judenheit aufbrach. 1776 kam der Philosoph Salomon Maimon aus Polen nach Berlin, um am geistigen Fortschritt der Aufklärung teilzuhaben, und 1792 schilderte er die Rückständigkeit des Ostjudentums in seiner *Lebensgeschichte.*[3] Dreißig Jahre später reiste Heinrich Heine nach Polen und sah es umgekehrt: Nicht über die Ostjuden machte er sich lustig, sondern über die Hohlheit des jüdischen Lebens in Deutschland, das sich von seinen authentischen Wurzeln losgesagt hatte.[4]

Der Vorsprung des Westens betraf nicht nur die Juden. Die industrielle Revolution begann mit dem Ende der Feudalordnung, im Osten aber hielt sich diese noch lange und verzögerte die sozialen Umschichtungen, die nun nötig wurden. Für die Juden war das fatal, weil die *schtétlach* ihre ökonomische Grundlage verloren, ohne dass es für sie eine wirtschaftliche Alternative gab. Ihre Strukturen lösten sich auf, und damit auch die Instanzen, die sie zusammengehalten hatten.[5]

Die alte Welt war aus den Fugen geraten. Ihre traditionellen Verbindlichkeiten boten kaum noch einen Halt, und wo die Sicherheit verloren ging, ließ sich auch nichts mehr ernst nehmen. Der Nährboden des jiddischen Witzes, der so entsteht, ist die Ambivalenz: Er stellt eine versinkende Ordnung in ihrer ganzen Lächerlichkeit bloß, und der Schmerz des Verlustes gibt ihm zugleich die Tiefe der Melancholie.

Deshalb bleibt er nicht nur der Witz des Volksmundes, sondern findet auch Eingang in die jiddische Literatur, die im letzten Drittel des 19. Jahrhunderts geschrieben wird. Ursprünglich kamen die drei Erzähler, von denen im Folgenden die Rede sein wird – Mendele Moícher Sfórim, Scholem Alejchem, Jizchok Leib Perez – alle aus der *Haskalah*. In Zeiten des Umbruchs wollten sie den Juden eine Zukunft sichern, indem sie ihnen den Bildungsweg zu öffnen suchten, aber im zaristischen Russland erwiesen sich ihre Hoffnungen schnell als illusorisch.

Auch in dieser Erfahrung waren die deutschen Juden ihnen vorausgegangen. Wie die östliche *Haskalah* hatte schon die westliche Aufklärung zwei Generationen zuvor ihre jüdischen Anhänger enttäuscht. Bereits Heinrich Heine hatte erkennen müssen, dass der Wunsch, auch die Juden in die neue Welt zu integrieren, utopisch war, und in der Ironie seines Werkes fanden die jiddischen Humoristen des späten 19. Jahrhunderts ihr Vorbild.

Der Kern aller jüdischen Ordnungsinstanzen aber bleibt die Familieneinheit. In den Zehn Geboten ist sie festgeschrieben, und immer hat eine strikte Endogamie sie aufrecht erhalten, hat seit der Vertreibung aus Palästina dafür gesorgt, dass die Diaspora nicht zu einer Zerstreuung der Juden im wörtlichen Sinne wurde. Auch die jüdischen Speisegesetze, die den sozialen Kontakt mit Fremden erschwerten, sicherten ihre Integrität ab, und selbst die Feindschaft der christlichen Umwelt kam ihr entgegen, indem sie die Juden von allem Nichtjüdischen ausgrenzte.

Doch die Zeiten hatten sich geändert. In einer großen Stadt wie Berlin fanden die Westjuden Zugang zur deutschen Kultur, dort kam es auch zu einer Taufbewegung und zu Mischehen. Im Osten dagegen engte eine repressive Gesetzgebung das jüdische Leben ein. Russlands Juden besaßen keine Freizügigkeit, der Aufenthalt in den großen Städten war ihnen weitgehend verwehrt, und das Schtetl, lange der Ort ihrer Autonomie, drohte zur Zwangsgemeinschaft zu werden, für deren Bewohner es keine Zukunft mehr gab.

Die Familie freilich blieb tabu. Während das Schtetl verarmte und es immer schwerer war, ein Einkommen zu finden, wurde das Familienleben oft zu einem Gefängnis innerhalb eines Gefängnisses. So empfanden es viele, und so verraten es die Witze, die die Juden sich nun erzählten. Eine Heilsgeschichte war ins Stocken geraten – und das Lachen, das Gott einst unterbunden hatte, ließ sich nicht mehr zurückhalten.

In den Pointen über die Ehefrauen und ihre Mütter, über die Heiratsvermittler und ihre Angebote erklingt dieses Lachen und verwandelt sich zugleich in ein Lächeln. Ehefrauen und Heiratsvermittler mögen seine Stereotype sein, aber der Witz des Jiddischen geht über sie hinaus und hat sich der gesamten Sprache eingeprägt.

Während das Hebräische in den Jahrtausenden des Exils die Funktion einer Sakralsprache erfüllte und ernst bleiben musste,[6] wurde das Jiddische zu einer Sprache der Skepsis und der Ironie. Im vorigen Kapitel haben wir gesehen, was mit so gewichtigen Worten wie Gemara und Galút geschieht, wenn sie *gemóre* und *góles* ausgesprochen werden. Deshalb haben Mendele Moícher Sfórim, Scholem Alejchem und Jizchok Leib Perez schließlich auf Jiddisch geschrieben, obwohl sie ursprünglich der *Haskalah* und damit dem Hebräischen verpflichtet waren. Nur in dieser Sprache konnten sie alle Schichten des Volkes erreichen, nur im Jiddischen konnten sie ihrem Witz Ausdruck geben.

In den drei folgenden Kapiteln schauen wir uns an, wie sie sich des jüdischen Familienglücks angenommen haben.

Zweites Kapitel

# Der Erlöser
# Mendele Moícher Sfórim

Scholem Jankev Abramovitsch (1835–1917) ist der älteste der drei Autoren, die das Jiddische in die Weltliteratur eingeschrieben haben. Bekannt wurde er als Mendele Moícher Sfórim, Mendele der Buchhändler. So heißt eine von ihm erfundene Figur, die das Werk von früh an begleitet – zunächst als fiktiver Herausgeber und bald schon als Stimme des Erzählers, hinter der ihr Schöpfer allmählich zurücktritt.

Mit Pferd und Wagen fährt Mendele von Schtetl zu Schtetl und bietet seine Bücher an. Sie sind zweisprachig wie sein Name: ‹Moícher Sfórim› ist hebräisch[1] und bedeutet Buchverkäufer, ‹Mendele› ist die jiddische Koseform des biblischen Namens Menachem. Hebräisch sind die traditionellen Texte in Mendeles Angebot, sie werden im Bethaus gelesen, seine jiddischen Bücher hingegen sind in der Sprache des Alltags verfasst. Zwischen beiden Sprachen tut sich eine Kluft auf: Das hebräische Bethaus bietet den Bewohnern des Schtetls noch die Geborgenheit des Gottesbundes, ihre jiddische Gegenwart indessen konfrontiert sie mit einer Realität, die immer bedrohlicher wird.

Die Erzählerfigur des Mendele ist sorgfältig gestaltet. Die Bücher, die er in seinem Wagen mitführt, sind mehr als gedruckte Handelsobjekte, die er in den *schtétlach* zu verkaufen sucht. Mendele vermittelt uns die Werke, die Abramovitsch geschrieben hat, er schlägt seine Bücher gleichsam wie Texte auf und präsentiert sie den Lesern. Auch die Leser – wie der Name des Verkäufers und sein Sortiment – sind zweisprachig.

Zu Mendeles Eigenheiten gehört es, dass er die Texte jeweils mit einer Vorbemerkung einleitet, einer sogenannten *hakdóme*. Das Wort ist hebräisch, wird aber jiddisch intoniert,[2] und die linguistische Zweideutigkeit ist beabsichtigt. Im Hebräischen klang für den Ostjuden das Sakrale, im Jiddischen das Profane an, und in seinen Vorbemerkungen vermischt Mendele beide Sprachen. Eine Übersetzung kann das nur schwer nachvollziehen, aber die Doppelbödigkeit der *hakdóme* wird auch im Deutschen spürbar.

Hier schauen wir uns *Die Reisen Benjamins des Dritten* an, einen satirischen Roman aus dem Jahr 1878.[3] Mendele beginnt seine Vorbemerkung mit den folgenden Worten:

> Ómer Mendele moícher sfórim, so sagt Mendele der Buchhändler: Gelobt sei der Herr, der den Lauf der Gestirne oben am Himmel und das Schicksal all seiner Geschöpfe hier unten auf Erden bestimmt. Selbst der kleinste Grashalm kriecht nicht aus der Erde, eh' ein Engel ihn nicht dazu antreibt und sagt: Wachse! Kriech heraus! Umso mehr noch ein Mensch, auch er hat einen Engel, der ihn antreibt und sagt: Geh, geh, kriech heraus!

«Ómer» – «so sagt» – ist eine hebräische Eingangsformel liturgischer Texte, die die Sprüche jüdischer Schriftgelehrter überliefern. Der jiddische Kosename des Sprechers, Mendele, steht in einem ironischen Gegensatz zu dieser Feierlichkeit, der Inhalt der ersten Zeilen jedoch scheint den erhabenen Einstieg zu rechtfertigen. Es sind die Lobpreisungen des Herrn, die jeden jüdischen Gottesdienst begleiten.

Vom kleinsten Grashalm bis zum Menschen liegt alles in Seiner Hand. Nichts geschieht ohne Seinen Willen, und am Ende der hier zitierten Stelle erinnert Mendeles Wortwahl an eine zentrale Tradition des Judentums. In der Wiederholung «Geh, geh» klingt für den jiddischen Leser die biblische Szene an, in der Gott zu Abram spricht. «Lech lechá – geh, begib dich aus deinem Vaterland» (1. Mose 12,1): Er trägt ihm auf, von Haran nach Kanaan zu ziehen, in das Land der Verheißung, und setzt damit die Geschichte der

Familie in Gang, die schließlich zum Gottesvolk wird. Doch Mendele ist ein Spötter. Schon in den nächsten Zeilen unterläuft er diesen hehren Kontext. Auch die Juden im Schtetl, so versichert er uns, folgen ihren Engeln, und er zeichnet ein Bild von ihnen, das nicht gerade schmeichelhaft ist:

> Bei uns macht kein Narr den Mund auf und erteilt seine Ratschläge, kein ungehobelter Klotz bietet uns Weisheiten feil, eh' nicht sein Engel ihn dazu antreibt. Die Engel knöpfen sich auch unsere Armen vor und sprechen: Wachst, ihr Habenichtse und Obdachlosen, wachst und gedeiht, ihr Bettler und Bankrotteure, egal, ob ihr von Geburt an brotlos wart oder es erst später wurdet, egal, ob ihr in aller Öffentlichkeit hungert oder im Verborgenen. Sprießt! Wachset wie das Gras, wuchert wie die Nesseln. Geht, jüdische Kinder, geht in die Stadt – geht in die Häuser, betteln!

Abramovitsch nimmt die Armut im Schtetl des späten 19. Jahrhunderts aufs Korn, und das Thema ist für ihn nicht neu. Schon in *Fischke der Krumme*, einem Roman über die jüdischen Bettler aus dem Jahr 1869, hatte er es dargestellt.[4]

Auf seinem Weg begegnet Mendele einem anderen Buchhändler, der seine Frau verlassen hat, um eine zweite Ehe einzugehen. Mendele erzählt ihm von Fischke, dem verkrüppelten Bademeister des Schtetls, der mit einer blinden Bettlerin verheiratet wurde und sich später mit ihr einer wandernden Bettlertruppe anschloss. Gemeinsam setzen die beiden Männer ihren Weg fort, da begegnen sie Fischke und laden ihn ein, auf den Wagen zu steigen. Während der Fahrt erzählt er ihnen seine traurige Geschichte.

Mit seiner Arbeit als Bademeister war er zufrieden gewesen, doch nach der Hochzeit wies die blinde Bettlerin ihm einen Platz in der Stadt an, und auch er musste betteln. Dann zwang sie ihn, mit den Wanderbettlern durch die *schtétlach* zu ziehen, und es ging bergab mit ihm. Das Betteln hatte er bisher im Sitzen verrichtet, aber in den Häusern musste er steile Treppen steigen, das Gehen fiel ihm schwer, und er konnte sein Soll nicht erfüllen.

Seine Frau dagegen war erfolgreich. Als Blinde erregte sie Mitleid und erhielt viele Almosen, der Anführer der Bettler gewann Interesse an ihr, und die beiden taten sich zusammen. Mit kaltem Blick nimmt Abramovitsch das ökonomische Gesetz der Paarung wahr, doch die Geschichte des armen Fischke ist nicht ohne Romantik. Er gewinnt ein armes, buckliges Mädchen lieb, eine Fremde unter den Bettlern, die wie Fischke selbst ihre Anständigkeit bewahrt hat. Gemeinsam wollen sie die Bettler verlassen, doch die Truppe fährt weiter, sie nimmt das Mädchen mit, und Fischke bleibt alleine zurück.

An diesem Punkt fließen die beiden Handlungsstränge des Romans ineinander. Während Fischke die Lebensgeschichte des Mädchens erzählt – ihr Vater hatte die Mutter verlassen, die Mutter gab sie den Bettlern, um wieder heiraten zu können –, hört der zweite Buchhändler aufmerksam zu. Er fragt nach dem Namen des Mädchens, und als er ihn hört, wird alles klar: Es ist seine eigene Tochter, die er ins Unglück gestürzt hat, als er seine erste Frau verließ.

## *Mendeles Satire*

Mit der Sozialstruktur des Schtetls war auch die Familienordnung in die Krise geraten. Sie wurde zur Zielscheibe zahlreicher Witze, und sie waren keineswegs immer so harmlos, wie der verklärende Blick auf das Schtetl einer guten alten Zeit es zu suggerieren wünscht.[5] Im Gegensatz zu anderen Kulturen toleriert der jiddische Witz jedoch keinen Ehebruch: Mochte die Familie innerhalb ihrer vier Wände ein einziges Chaos sein – ihre biblisch sanktionierte Heiligkeit ließ der Volksmund unangetastet.

Anders war es in der jiddischen Literatur. In der zweiten Hälfte des 19. Jahrhunderts entstanden die großen Ehebruchromane –

Flauberts *Madame Bovary*, Tolstois *Anna Karenina*, Fontanes *Effi Briest* –, und auch Abramovitsch verschloss seine Augen nicht vor der Wirklichkeit. Der Volkswitz schützte die Juden im Osten Europas vor der Tragik ihrer Situation, und er durfte deshalb nicht alles aussprechen. Ein Roman wie *Fischke der Krumme* dagegen durchbrach die Schranken der Heiligkeit – nicht nur in der Unterwelt der Bettler, sondern auch in der seriösen Welt der Buchhändler.

Mendeles dunkler Humor begleitet den Roman, und deutlicher noch wird das in *Die Reisen Benjamins des Dritten*. Anders als die Geschichte des armen Fischke werden diese Reisen nicht als Tragödie, sondern als Satire erzählt. Das tritt schon in der *hakdóme* und ihrem ironischen Lob des Herrn zutage, der eine Welt voller Habenichtse und Hungerleider erschaffen hat. Die satirische Spitze richtet sich indessen nicht gegen die Armut, sondern gegen eine falsche Heilserwartung, die aus der jüdischen Not erwächst und immer wieder neuen Antrieb in ihr findet.

Mendele beschreibt zunächst, wie die Armut sich auf das Schtetl auswirkt. Dessen öffentliches Leben findet im Bethaus oder im Dampfbad statt – Orte des Müßiggangs, zu dem die ohnmächtigen Bewohner des Schtetls verurteilt sind –, und die Gespräche der Männer werfen ein grelles Licht auf diese Ohnmacht. Der Roman spielt zur Zeit des Krimkriegs, im Dampfbad nimmt man die Positionen der Engländer, der Russen, der Türken ein, und Mendeles Karikatur einer politischen Debatte zeigt, wie hilflos diese Juden ihrem Schicksal ausgeliefert sind – nicht nur als Individuen, sondern auch als Kollektiv.

Unter ihnen aber lebt ein Mann, der zu Höherem berufen ist. Für die Sehnsucht seiner Seele ist das Schtetl zu eng geworden. Wie zwei seiner Namensvettern – Benjamin von Tudela, der im Mittelalter weit verstreute jüdische Gemeinden erkundete, und Israel Joseph Benjamin, der im 19. Jahrhundert seinen Spuren folgte und dabei bis nach China kam – geht auch er auf eine Reise, die seinen Ruhm begründet.

Deshalb heißt er Benjamin der Dritte, und er ist der Größte von allen. Ihm geht es nicht um die jüdische Gegenwart, es geht ihm um die Ewigkeit. Er will die Zehn Verlorenen Stämme Israels finden,[6] und hier wird der Roman doppelbödig wie Mendeles *hakdóme*. Ihre hintergründige Theodizee deutet schon auf das Ziel voraus, das Benjamin sich setzt und dessen Dimensionen um nichts geringer als messianisch sind: Im Jahr 721 v. Chr. eroberten die Assyrer das Nordreich und entführten zehn der zwölf Stämme Israels; seither sind sie verschollen, und damit begann das Exil des jüdischen Volkes. An sein Ende wird es erst kommen, wenn Gott den Erlöser schickt, der auch diese zehn Stämme wieder mit ihren Brüdern vereint.

Fatal ist freilich, dass Benjamin für seine hohe Aufgabe denkbar ungeeignet ist. Vor der Reise ist er ein einziges Mal über die Grenzen des Schtetls hinausgekommen (davon wird gleich die Rede sein), und er hat keinerlei Ahnung von Geographie oder jedweder Realität. Nur eine tiefe Begeisterung erfüllt ihn, und auch das steht bereits in der *hakdóme*. «Bei uns macht kein Narr den Mund auf», heißt es dort, «eh' nicht sein Engel ihn dazu antreibt.» Ein solcher Narr ist Benjamin der Dritte, und wozu sein Engel ihn antreibt – das steht im Bericht seiner Reise.

Dieser Bericht aus Benjamins eigener Feder hat ihn schon in aller Welt berühmt gemacht und wurde in viele Sprachen übersetzt, nur ins Jiddische noch nicht. Das beeilt sich Mendele jetzt nachzuholen, denn mehr als alle anderen sollen auch die Bewohner des Schtetls von den Taten erfahren, die einer von ihnen vollbracht hat. Dabei ist keine Zeit zu verlieren. Deshalb kann Mendele nur eine kurze, zumeist von ihm selbst formulierte Fassung bieten,[7] und doppelte Sprache auch hier: Der Roman spaltet sich in die sporadisch eingestreuten Zitate aus Benjamins Text und die Worte Mendeles auf, der den Bericht für jiddische Leser paraphrasiert und auf eigene Weise zusammenfasst.

Alles beginnt mit einer Frucht aus dem Heiligen Land. «Zufällig brachte jemand einmal», so heißt es, eine Dattel ins Schtetl. Ihr hättet sehen sollen, wie die Leute zusammenliefen, um das Wunder zu bestaunen. Man schlug die Heilige Schrift auf, um zu beweisen, dass *tamar*, die Dattel, in den Fünf Büchern Moses steht. Man denke, die Dattel, diese Dattel stammt aus *Erez Yisroël!* [...] Ach, seufzten sie, und die Augen standen ihnen voller Tränen.

Damals, so berichtet Benjamin, war ganz Tunejadewke,[8] so groß es auch sein mochte, im Heiligen Land. Man redete eifrig vom Messias.

Und auch von den Zehn Verlorenen Stämmen redete man. Die «fantastischen Geschichten [...] drangen ihm tief ins Herz, und seitdem fühlte er die Enge des Schtetls». Benjamin studiert die Bücher berühmter Reisender und spürt seinen Engel. «Immer wieder», so zitiert Mendele ihn, «machten diese wunderschönen Erzählungen einen starken Eindruck auf mich. Oh, wie oft habe ich vor Begeisterung geschrien, dass mir der Herr doch vergönnen möge, wenigstens ein Hundertstel davon mit eigenen Augen zu sehen! Meine Gedanken trugen mich weit, weit weg.»

Aber er hat Tunejadewke noch niemals verlassen, und zuerst muss er seine Ängste überwinden. «Von Natur aus», so lesen wir,

war unser Weltreisender ein echtes Hasenherz. Er hatte zum Beispiel Angst, nachts auf die Straße zu gehen, und um kein Geld der Welt hätte er allein in einem Zimmer geschlafen. Sich vom Schtetl zu entfernen, hieß bei ihm soviel wie das Leben riskieren – weiß man denn, was einem alles zustoßen kann?

Heldenmütig übt er daher, am Tag in den Wald vor dem Schtetl zu gehen. So kommt es, dass er – wenn auch eher unfreiwillig – eine erste kleine Reise macht, und es lohnt sich, bei diesem Anfang zu verweilen: Wie eine Generalprobe bereitet er uns auf das Stück vor, das Benjamin bald aufführen wird.

Einmal geht er in den Wald, setzt sich unter einen Baum und

liest in den Büchern, die er immer bei sich hat. Er versinkt in Gedanken an seine große Reise, und unversehens wird es Nacht, er kann den Rückweg nicht mehr finden. Ein Gewitter durchnässt ihn bis auf die Haut, Benjamin stirbt fast vor Angst und vor Hunger, doch Gott hilft, und es wird wieder Tag. Er irrt durch den Wald, hört eine menschliche Stimme und erschrickt, denn das ist sicher ein Räuber. Schon will er fliehen, doch er reißt sich zusammen, denkt an die Reise, die er bald machen wird, an die Pflichten, die sie ihm auferlegt – und er zwingt sich, seine Angst zu unterdrücken.

> Unser Benjamin kehrte tatsächlich um, und beherzt und selbstbewusst schritt er aus wie ein Held, bis er den Räuber sah. Es war ein Bauer, der auf einem mit Ochsen bespannten und mit Säcken beladenen Fuhrwerk saß.
> «Dobri-djen!» rief Benjamin, als er näherkam, mit einer sonderbar veränderten Stimme, halb Geschrei, halb Gebet, als sage er: «Hier bin ich, mach mit mir, was du willst!» Aber auch: «Sei gnädig mit mir, hab' Mitleid mit meiner Frau und meinen armen Kindern!»
> Nach dieser halb schreienden, halb tränenerstickten Begrüßung verschlug es Benjamin die Sprache, er bekam keine Luft mehr. In seinem Kopf drehte sich alles, es wurde ihm schwarz vor Augen, die Beine versagten ihm den Dienst – und auf der Stelle fiel er um wie ein Toter.

«Unser Benjamin»: Hier hören wir die Stimme Mendeles, folgen seinem Blick von außen. Was er erzählt, kann er nur in Benjamins Bericht gelesen haben, aber stand es dort auch so? Als er den Bauern ansprach – nahm Benjamin da seine Stimme als ‹sonderbar verändert› wahr, gab er ihr diese zweifache Deutung? Hat er seinen Ohnmachtsanfall so beschrieben, wie wir es hier lesen?

In seiner doppelten Sprache liegt der Witz des Romans. Die wörtlichen Zitate bezeugen Benjamins Enthusiasmus, die Macht des Engels, der ihn antreibt; Mendeles Paraphrasen dagegen verkürzen den Bericht nicht nur, sie verändern ihn auch, sind Übersetzung und zugleich Kommentar. Neben Benjamins subjektives Gefühl stellen sie das objektive Bild, das dieser Narr uns bietet: die groteske Lächerlichkeit seines Unternehmens.

Der Weg des Bauern führt ohnehin nach Tunejadewke, dort verkauft er Eier und Kartoffeln, Hühner und Gemüse. Er lädt den ohnmächtigen Benjamin auf seinen Wagen – und dort, in seinem Schtetl, wird er bald darauf zur Sensation.

> Ein paar Stunden später fuhr der Wagen direkt auf den Marktplatz von Tunejadewke. Frauen und Männer umringten ihn und bestürmten ihn mit Fragen. [...] Aber bevor der Bauer antworten konnte, fielen die Frauen wie Heuschrecken über den Wagen her, schlugen das Tuch zurück und schrieen wie aus einer Kehle: «Benjamin! Er ist da! Zippe-Kroine, Bas'sheve-Brendel, lauft schnell zu Selde, bringt ihr die gute Botschaft. Ihr Elend ist abgewendet. Sie wird keine *Agúne* sein.»

*Agúne* ist ein hebräisches Wort[9] in jiddischer Aussprache. So nennt man eine Frau, die nicht wieder heiraten kann – ihr Mann ist verschollen, ohne einen Scheidebrief zu hinterlassen, und unklar bleibt, ob sie eine Witwe ist oder nicht. In den *schtétlach* gab es viele solche Frauen, deren Männer auf der Suche nach einer besseren Zukunft fortgegangen und dann spurlos verschwunden waren. In der Literatur wurde ihr Schicksal oft behandelt.

Ein Verschollener ist wieder aufgetaucht, und die Nachricht verbreitet sich wie ein Lauffeuer.

> Tumult entstand. Ganz Tunejadewke strömte zusammen; alles, was Beine hatte, kam geeilt, um Benjamin anzustaunen. Er wurde mit Ansprachen, Fragen, Witzen überschüttet. Er erfuhr, dass man ihn gestern den ganzen Tag und die ganze Nacht gesucht habe. Man hatte ihn schon für einen *Koídesch* und seine Frau für eine *Agúne* gehalten.

Auch *Koídesch* ist ein hebräisches Wort[10] in jiddischer Aussprache, und es hat einen mehrfachen Sinn. Ursprünglich bedeutet es «heilig», ebenso aber kann es einen Märtyrer bezeichnen: einen Juden, den die Feinde Israels ermordet haben, weil er sein Judentum nicht aufgeben wollte, sich nicht zur Taufe zwingen ließ. Bei Benjamin ist das natürlich ironisch gemeint und gehört zu den Witzen, die man riss, als er sich auf dem Wagen des Bauern wiederfand, aber wir werden bald sehen, dass dieser Witz nicht ohne Folgen bleibt.

## *Heilig, heilig, heilig*

Inzwischen hat man Benjamins Frau benachrichtigt, und auch sie erscheint auf dem Marktplatz.

> Mitten im Getümmel kam Selde weinend angerannt. Sie rang die Hände beim Anblick der Bescherung – bleich wie ein Toter lag er da, ihr werter Ehemann, und konnte sich nicht rühren. Sie wusste sich nicht zu helfen, die Arme, sollte sie ihn schelten und ihre schweren, bitteren Gefühle an ihm auslassen? Oder sollte sie ihre Freude zeigen, ihre Erleichterung, dass Gott sie, die *Agúne*, wieder aufgerichtet hatte?

Auch das wird in Benjamins Bericht kaum so gestanden haben. Wieder ist es Mendele, der die Ambivalenz der Ehefrau beschreibt. Ihre Gefühle schwanken zwischen einer Wut auf Benjamin, der solche Geschichten macht, und einer Freude, die aber nicht ihren Mann betrifft, sondern nur sie selbst: Selde ist erleichtert darüber, dass ihr das Schicksal der *Agúne* erspart bleibt. Eine traurige Ironie liegt über der Szene, doch wie tief sie ist, zeigt erst die Fortsetzung:

> Einige Minuten später wurde Benjamin so, wie er auf dem Kartoffelsack lag, mit großem Pomp über den Markt nach Hause gefahren. Ganz Tunejadewke ließ es sich nicht nehmen, ihm die Ehre zu

erweisen und lärmend unter ständigen Zurufen das Geleit zu geben: «*Koídesch*! *Koídesch*! *Koídesch*!»

Von diesem Augenblick an blieb der Name *Koídesch* an Benjamin für immer haften. Er hieß nun Benjamin der *Koídesch* und seine Frau Selde die *Agúne*.

Ganz Tunejadewke macht sich hier über Benjamin lustig, aber der Spott, der sich über ihn ergießt, ist hintergründig. In der dreifachen Wiederholung verändert das Wort *Koídesch* seinen Sinn. Benjamin, lebendig wieder aufgetaucht, ist kein Märtyrer mehr, und in der Komödie, die Tunejadewke nun mit ihm treibt, spielt er eine andere Rolle. Die dreifache Wiederholung des Wortes *kadósch* steht bei Jesaja 6,3: «Und einer rief zum andern und sprach: Heilig, heilig, heilig ist der HERR Zebaoth, alle Lande sind seiner Ehre voll!» Hier hat das Wort seine ursprüngliche Bedeutung, und der Bibelvers, der die Heiligkeit Gottes bezeugt, ist ein fester Bestandteil der jüdischen Liturgie.[11]

In seinem Schtetl gestaltet sich Benjamins Heimfahrt auf dem Kartoffelsack zu einer Parodie der Heiligsprechung. Der «Name *Koídesch*» blieb «an Benjamin für immer haften. Er hieß nun Benjamin der *Koídesch* und seine Frau Selde die *Agúne*»: Es sind Spottnamen, und für die weitere Handlung des Romans sind sie von entscheidender Bedeutung.

Benjamins Heimkehr aus dem Wald steht im zweiten Kapitel des Buches und findet noch vor seiner großen Reise statt. Sie zeigt zur Genüge, weshalb seine Nachbarn in Tunejadewke wenig Respekt vor ihm haben und den Narren in ihm sehen, der er auch tatsächlich ist. Indem sie ihm den Namen *Koídesch* geben, machen sie Benjamin zu einem komischen Heiligen, warum aber nennen sie seine Frau Selde eine *Agúne*? Auf den ersten Blick will das nicht einleuchten – ihr Mann ist aufgetaucht, und alles scheint wieder im Lot zu sein –, schaut man jedoch genauer hin, so hat der Witz des Romans hier eine stille Pointe.

Seine Wirkung gewinnt er nicht allein aus dem Gegensatz zwischen den Stimmen Mendeles und Benjamins, und auch nicht nur aus der Diskrepanz zwischen Benjamins öffentlicher Erscheinung und seiner Selbstwahrnehmung. Es ist schlimmer: Benjamin ist sich der Diskrepanz kaum bewusst, und zu Beginn des dritten Kapitels, als er sich an die Vorbereitung seiner großen Reise macht, spricht Abramovitsch es deutlich aus.

> Man sollte meinen, dass die Geschichte, die Benjamin da passiert war und nicht nur seiner Frau großen Ärger bereitete, sondern auch in der Stadt, vor dem Ofen im Bethaus und auf der obersten Bank im Bad für viel Gerede sorgte, ihn für immer von jedem Gedanken an Reisen in ferne Länder geheilt hätte. Weit gefehlt! Im Gegenteil. Erst jetzt setzte sich dieser Gedanke so recht in ihm fest. Respektvoll begann Benjamin sich seither als einen erfahrenen Menschen zu betrachten, der in seinem Leben schon manches durchgemacht hatte. Seine Standhaftigkeit und den Mut, den er bei all den schweren Prüfungen gezeigt hatte, ließen sein Selbstwertgefühl um das Zehnfache wachsen. Er fing an, sich für einen Helden zu halten.

In einem realistischen Roman wäre von einer Pathologie zu reden, von einem Wirklichkeitsverlust. Doch Abramovitsch schreibt eine Satire, und an dem Mann, der sich Benjamin der Dritte nennt, interessiert ihn nicht der pathologische, sondern der gesellschaftliche Aspekt. Darauf wird noch einzugehen sein, hier aber verfolgen wir zunächst, wie sich diese Selbstüberschätzung auf der Handlungsebene des Romans auswirkt.

Dass man sich über ihn lustig macht, ist Benjamin nur am Rande bewusst, und er wird schnell damit fertig. In Tunejadewke, so weiß er, leben «einfache Menschen, die nichts verstanden und von ihrem eigenen Leben keine Ahnung hatten»; ihre «Witze, die sie über ihn rissen, trieben ihn erst recht auf den Weg»; und ihr dreifaches *Koídesch*, das sie ihm nachrufen, nimmt er für bare Münze: als eine Huldigung, die ihn in seinem messianischen Projekt nur bestärkt.[12] Die «Heiligsprechung» bestätigt ihm den göttlichen Auftrag, in dem er handelt. Er forciert nun seine Reisevorbereitungen, sie treten in ihre operative Phase, und auch diese Vorbereitungen sollen uns hier interessieren.

Bevor er aufbrechen kann, sind noch zwei Probleme zu lösen: Erstens hat Benjamin keine Ahnung, «woher er das Reisegeld nehmen soll», und zweitens weiß er nicht, «wie er es anstellen könnte, von daheim fortzugehen». In beiden Fragen berät er sich mit einem Mann, der ihm nicht nur die Antworten liefert, sondern ihn tags darauf auch auf seiner Reise begleiten wird.

Dieser Mann heißt Senderl, und eigentlich ist er eine Frau. So jedenfalls nennt man ihn in Tunejadewke, wo man nicht viel von ihm hält. Niemand gibt etwas auf seine Meinung, im Bethaus sitzt er auf dem niedrigsten Platz, und als Benjamin ihn aufsucht, bietet er uns ein Bild, das zu den berühmtesten Szenen des Romans gehört. Beim Eintritt findet er ihn auf

> der milchigen Bank sitzend beim Kartoffelschälen. Eine Backe war stark gerötet, ein Auge blau, und darunter prangte eine wüste Schramme, als wäre ihm jemand mit Fingernägeln ins Gesicht gefahren. Er saß ganz benommen da, betrübt und bekümmert wie eine junge Frau, deren Mann sie im Stich gelassen hat und weit übers Meer gefahren ist, oder wie eine Frau, deren Mann sie geschlagen hat.
>
> Senderls Frau war nicht zu Hause.
>
> «Guten Morgen, Senderl. Warum bist du so traurig, mein Herz?» sagte Benjamin und wies mit dem Finger auf Senderls Backe. «Was? Wieder sie? Wo ist sie denn, dein Mannsbild?»
>
> «Auf dem Markt.»
>
> «Sehr gut!» rief Benjamin, er schrie fast vor Freude. «Leg deine Kartoffeln beiseite, meine teure Seele, und komm mit mir in den Alkoven. Ist da auch keiner? Ich kann bei unserem Stelldichein keinen Aufpasser brauchen.»

Die Szene parodiert das heimliche Rendezvous eines Liebespaares, wie man es aus romantischen Komödien kennt. Es gibt homosexuelle Anspielungen in der Partnerschaft der beiden Männer, und auch eine andere Deutung bietet sich an. In Senderl findet Benjamin, der jüdische Don Quijote, seinen Sancho Pansa, der ihm aus mancher Patsche hilft.[13] Schon zu Anfang löst er die beiden Probleme, die Benjamin bislang am Aufbruch gehindert haben: Das Reisegeld, so rät er ihm, bettelt man sich unterwegs zusammen, wie es bei Juden üblich ist; und von daheim geht man fort, indem man es dem Eheweib erst gar nicht verrät.

Benjamins Besuch bei Senderl lässt sich aber auch als eine Schlüsselszene der Satire lesen, die Scholem Jankev Abramovitsch auf das traditionsgeheiligte Familienleben im Schtetl geschrieben hat.

## *Spiegelbilder*

Warum kommt Benjamin zu Senderl? Eine erste Antwort gibt das Gespräch, das er im Alkoven mit ihm führt. Benjamin fragt ihn, ob er wisse, was jenseits von Tunejadewke liegt, Senderl hat natürlich keine Ahnung, und er offenbart ihm seinen Plan von der großen Reise, die er bald machen wird. Das hat er bisher noch nie getan – die Leute im Schtetl sind ihm zu dumm, sie würden ihn ohnehin nicht verstehen –, aber es drängt ihn, sein Geheimnis mitzuteilen, und in Senderl hat er den Richtigen gefunden. Als er ihm von den Verlorenen Stämmen erzählt und fragt, wie sie ihn wohl empfangen werden, wenn er, Benjamin von Tunejadewke, plötzlich bei ihnen auftaucht, kommt es zu folgendem Dialog:

> «Sie werden sich wahnsinnig freuen. Ich sag dir, Benjamin, so ein Gast, so ein lieber Gast! Jeder wird dich zum Essen einladen. […] Grüße sie alle freundlich von mir. Wenn ich nur könnte, ich würde gerne mit dir gehen, ich schwör's dir.»
> «Ha!» stieß Benjamin aus, begeistert von einem neuen Einfall, der

> ihm gerade gekommen war. «Ja, vielleicht willst du diese Reise wirklich mit mir machen, Senderl, Liebster? Sei kein Narr, jetzt hast du die beste Gelegenheit. Ich fahre auf alle Fälle, ich kann dich mitnehmen. Mein Närrchen, zu zweit ist es heimischer. [...] Gib mir die Hand drauf. Warum sollst du hier sitzen und von deiner bösen Frau die Leiden des Exils ertragen? Schau dir deine arme Backe an. Bei ihr hast du ein elendes Los. Auf, Senderl, komm mit, du wirst es nicht bereuen.»

Als Benjamin zu Senderl kommt, hat er noch gar nicht die Absicht, ihn auf seine Reise mitzunehmen. Erst als Senderl selbst den Wunsch ausspricht, kommt ihm dieser Gedanke, und er hakt sofort nach. «Warum sollst du hier sitzen und von deiner bösen Frau die Leiden des Exils ertragen?» fragt er ihn. «Schau dir deine arme Backe an.» Der komische Effekt der Szene entsteht aus dem Gegensatz zwischen den hehren Zielen, die Benjamin mit seiner Reise zu verfolgen vorgibt, und dem niedrigen Beweggrund des geschundenen Ehemannes, der den Klauen seiner Xanthippe entkommen soll.[14] Zu fragen ist daher auch, wie es um Benjamin selbst und sein Eheleben bestellt ist.

Wie seine Frau ihn empfängt, als der Bauer ihn auf dem Wagen nach Tunejadewke zurückbringt, haben wir bereits gesehen. Große Liebe für ihn scheint Selde nicht zu empfinden, sie schwankt nur zwischen ihrer Wut auf den lächerlichen Mann und ihrer Freude darüber, dass sie keine *Agúne* ist. Und man braucht nicht lange zu suchen, um eine Vorstellung von seiner Häuslichkeit zu gewinnen – schon im ersten Satz seines Berichtes beschreibt Benjamin sich als einen verheirateten Mann:

> Alle meine Tage, so erzählt Benjamin der Dritte selbst, mein ganzes Leben, das heißt bis zu meiner großen Reise, habe ich in Tunejadewke verbracht. Dort wurde ich geboren und erzogen und dort hatte ich das Glück, meine tugendhafte Frau Selde zu heiraten, lang soll sie leben.

Es sind Benjamins eigene Worte, die wir hier lesen, und sie stellen Selde als das Glück seines Lebens dar. Dann aber verändert sich der Ton. «Das Schtetl Tunejadewke ist ein verlorenes Nest», heißt es schon im nächsten Satz, «abseits der großen Straße und von der Welt so abgeschnitten, dass, wenn alle Jubeljahre einmal ein Reisender erscheint, man Türen und Fenster aufreißt, um den Neuen zu bestaunen.» Jetzt ist es die Stimme Mendeles, die den Müßiggang und das ziellose Leben in Tunejadewke schildert. Dort hat Benjamin sich wohlgefühlt, bis eine Dattel in ihm die Sehnsucht nach dem Lande Israel weckt, und als gleich darauf sein Familienleben zum zweiten Mal erwähnt wird, hört sich das so an:

> Kurz, das Leben in seinem Schtetl erschien Benjamin wunderschön und vollkommen. Zwar lebte er in großer Not; er, seine Frau und seine fünf Kinder gingen in Lumpen; aber hatten denn Adam und Eva im Paradies sich geschämt, weil sie nackt waren und barfuß gingen? Doch die fantastischen Geschichten von den [...] zehn Stämmen drangen tief in sein Herz, und seither fühlte er die Enge des Schtetls. Es zog ihn in ferne Länder.

Für Benjamin ist das Leben in Tunejadewke «wunderschön und vollkommen», er und seine Familie gehen zwar «in Lumpen», das hindert ihn aber nicht daran, sich wie «im Paradies» zu fühlen. Und dennoch zieht es «ihn in ferne Länder»: Die Gegensätze könnten krasser nicht sein, und immer hat man Benjamins Reise als eine Flucht aus der Misere seines Familienlebens gedeutet.[15]

Um der Struktur der Satire gerecht zu werden, muss man jedoch genau unterscheiden. Es ist *nicht* Benjamin selbst, der uns einen Einblick in diese Misere gibt, denn dazu wäre er gar nicht fähig. Er kann weder die Wirklichkeit seines Alltags durchschauen noch seine daraus entstehende «Reise»; dass wir als Leser diese Doppelbödigkeit erkennen, verdankt sich erst der Zweistimmigkeit des Romans: Ohne Mendele, der die Worte Benjamins in einem mehrfachen Sinn «übersetzt» und in die Wirklichkeit einbettet, die

Benjamin selbst gar nicht versteht, bliebe uns die Hintergründigkeit der Erzählung verborgen.

So wird auch verständlich, warum Senderl in dieser Satire auftritt. Benjamin kommt in die Küche zu ihm, wo er mit blauem Auge und zerkratztem Gesicht Kartoffeln schält, und schauen wir noch einmal auf den Anfang der Szene:

> «Guten Morgen, Senderl. Warum bist du so traurig, mein Herz?» sagte Benjamin und wies mit dem Finger auf Senderls Backe. «Was? Wieder sie? Wo ist sie denn, dein Mannsbild?»

Wie es in seiner eigenen Familie aussieht, weiß Benjamin nicht. Erst hier, beim Anblick von Senderl, wird ihm bewusst, wofür er bei sich zuhause blind bleibt. Er schaut den anderen an, seine plötzliche Erkenntnis verwandelt sich in die Körpersprache einer Handbewegung – «mit dem Finger» weist er auf die geschundene Backe –, und die Rolle wird deutlich, die Senderl in dieser Satire spielt: Er ist die Projektionsfigur, ohne die Benjamin seine Hemmungen nicht überwunden hätte, die ihn bisher von der Reise abgehalten haben. Vor Senderls jämmerlicher Gestalt findet er die Worte, die das wahre Motiv seiner Reise enthalten, aber noch immer begreift er nicht, was er eigentlich sieht: Er nimmt Senderl auf seine Reise mit wie einen Spiegel, in den er schaut, ohne sich selbst zu erkennen.

Was in Benjamins Haus vorgeht, können wir nicht wissen, weil wir seine Frau Selde kaum zu Gesicht bekommen und uns Mendele wenig über sie sagt. Benjamin selbst nennt sie das Glück seines Lebens, aber die Familie geht in Lumpen, und wie lieblos Selde ihren heimkehrenden Mann empfängt, haben wir bereits gesehen. Ferner erfahren wir, dass sie die Ernährerin der Familie ist,[16] aber Benjamin scheint das nicht bewusst zu sein. Als er am nächsten Morgen heimlich aufbricht, hat er seiner Frau ihre geringen Ersparnisse entwendet, gleichwohl aber ist er bester Dinge.

Benjamin war es wirklich froh ums Herz. Er dachte: ‹Ich bin doch der glücklichste Mensch auf der Welt. Was, Gott behüte, fehlt mir, woran soll's mir mangeln? Mein Weib, gelobt sei der Herr, hab' ich versorgt, sie hat ihr Einkommen. Ich aber bin ein freier Vogel, frei wie die Vögel hier auf dem Feld. Die ganze Welt steht mir offen.›

Das geht ihm durch den Kopf, während er an der Windmühle auf Senderl wartet, der zu ihm stoßen soll. Wie hohl seine Phantasien sind und wie dünn die Schutzschicht, die sie ihm bieten – das zeigt uns diesmal nicht Mendele, sondern ein Bild, das Benjamin gleich darauf einen tiefen Schrecken einjagt. Senderl verspätet sich, er wird schon unruhig, doch dann kommt jemand auf die Mühle zu:

Plötzlich sah Benjamin in weiter Ferne etwas, das einer menschlichen Gestalt glich. Es schien Senderl zu sein, und doch nicht Senderl. Eine Frau schien es zu sein, in einem Baumwollkleid, mit einem Tuch um den Kopf.
Benjamin stand das Herz still. Er wurde totenbleich. Ging dort seine Frau? Nein, sie geht nicht, sie rennt, sie jagt wie eine Furie, gleich wird sie sich wutentbrannt auf ihn stürzen und ihr schweres, bitteres Herz über ihn ausschütten, wird ihn wieder nach Hause schleifen, jammernd und schreiend.
«Nur Gott allein weiß», so erzählt Benjamin selbst, «welche Angst ich in diesem Augenblick ausgestanden habe.»

Natürlich ist es Senderl, nur trägt er keinen Hut, sondern ein Kopftuch, man nennt ihn nicht grundlos «die Frau». Gleich darauf erkennt Benjamin ihn, doch dieser Augenblick einer optischen Täuschung gibt seine Geheimnisse preis. Abramovitsch lässt ihn hier selbst sprechen: Nicht nur der ironische Mendele schildert die Szene, auch Benjamins eigene Worte bezeugen sie. Und seine Angst ist noch keineswegs ausgestanden. Als Senderl ihm berichtet, er habe auf dem Weg zur Windmühle an Benjamins Haustür geklopft und nach ihm gefragt, Selde aber habe ihn zu allen Teufeln gejagt – da ergreift er panisch die Flucht.

Die beiden Männer rennen und rennen, bis Senderl keine Luft mehr kriegt: So beginnt Benjamins große Reise. Und während sie auf diese Weise keinen Zweifel daran lassen, was es mit ihrem Unternehmen auf sich hat, verstehen wir einiges, das uns in dieser Satire schon begegnet ist, nun auch besser. Als ihn die Reiselust zum erstenmal überkam, so erinnern wir uns, hatte er zunächst seine Ängste überwinden müssen. «Von Natur aus», hatte es über Benjamin geheißen,

> war unser Weltreisender ein echtes Hasenherz. Er hatte zum Beispiel Angst, nachts auf die Straße zu gehen, und um kein Geld der Welt hätte er allein in einem Zimmer geschlafen. Sich vom Schtetl zu entfernen, hieß bei ihm soviel wie das Leben riskieren – weiß man denn, was einem alles zustoßen kann?

Was beim ersten Lesen wie die Beschreibung eines dummen, kindischen Feiglings erscheint, nimmt nun eine andere Dimension an. Die diffusen Ängste, die Benjamin plagen, haben ihre Logik. Nicht die Straße fürchtet er, auf die er nachts nicht zu gehen wagt, sondern die Strafe, die ihm blüht, weil er das Haus ohne Erlaubnis verlässt; nicht die Dunkelheit des einsamen Schlafzimmers, sondern die Rache dafür, dass er sich aus einem anderen Schlafzimmer zurückzieht; nicht die Gefahren, die ihm jenseits des Schtetls drohen, sondern seine Nemesis, die ihn verfolgt.

Hinter Benjamins Ängsten steht die Gestalt seiner Frau, aber das weiß nur der Leser, nicht Benjamin selbst. Ein einziges Mal – beim Anblick des geschundenen Senderl – hat er etwas davon erkannt, aber er ist nicht in der Lage, diese Erkenntnis auch auf sich selbst zu beziehen. In einem Alptraum werden seine Ängste später wiederkehren, aber den Traum kann er nicht deuten.

Was Benjamin braucht, ist eine Sicherheit, die ihn vor seiner

Frau schützt, und hier kommen noch einmal die Spottnamen ins Spiel, die das Ehepaar seit seiner ersten Heimkehr auf dem Bauernwagen trägt. *Koídesch* und *Agúne* – mit diesen Worten, die man ihnen in Tunejadewke nachruft, hat Benjamin gefunden, was er sucht. Der *Koídesch* ist kein gewöhnlicher Mensch, sein Leben führt er nicht wie alle anderen in der Gemeinschaft, sondern in heiliger Absonderung für seine hohen Aufgaben. Dazu gehört auch die Abstinenz, die Aufhebung aller ehelichen Pflichten, und eine Frau, die mit einem *Koídesch* verheiratet ist, muss daher zur *Agúne* werden: In diesen beiden Wörtern hört Benjamin nicht den Hohn, sondern die Freiheit, nach der er sich sehnt.

Das Ende der Satire ist komisch und tragisch zugleich. Die Zehn Verlorenen Stämme finden die beiden Reisenden nicht, sie fallen nur zwei jüdischen Verbrechern in die Hände, die andere Juden schnappen und der russischen Armee ausliefern. Benjamin und Senderl werden zwangsrekrutiert. Als Soldaten taugen sie freilich kaum, und nach vielen Monaten kommen sie vor eine Militärkommission, die über ihr Schicksal entscheiden soll.

In einer Mischung aus Jiddisch und Russisch hält Benjamin den Offizieren eine Rede, in der sich noch einmal ein Kreis schließt. «Menschen am helllichten Tag aufzugreifen und wie Hühner auf dem Markt zu verkaufen, das soll erlaubt sein?» fragt er, und dann folgt ein Plädoyer für ihre Freilassung:

> «Ich sage Ihnen klar und deutlich, dass das Ganze von Anfang an eine erzwungene Sache war, ein Betrug. Schuldig sind die beiden Juden, wer weiß, was sie Ihnen erzählt haben. Wir tun Euch kund […], dass wir von der ganzen Kriegskunst nie etwas verstanden haben, bis heute nichts davon verstehen und auch nichts davon verstehen wollen.
>
> Wir sind, gottlob, verheiratete Männer, wir haben ganz andere Dinge im Sinn und können uns mit dergleichen absolut nicht befassen. Die Kriegskunst geht uns überhaupt nicht in den Kopf. Was

also nützen wir Ihnen? Ich denke, Sie selbst sollten froh sein, uns loszuwerden.»

Schon als er im Wald dem Bauern begegnet war, hatte Benjamin als Familienvater um Gnade gebeten, bevor er in Ohnmacht fiel. Auch hier plädiert er wieder als ‹verheirateter Mann›, und aus seinem Mund ist das Argument zwar fadenscheinig, aber es erreicht sein Ziel: Gleich darauf werden die beiden Reisenden entlassen, während sich die Offiziere vor Lachen kaum halten können.

Es fällt aber auf, dass die Rede nicht nur überzeugt, sondern rhetorisch auch gut gebaut ist. Kein Pazifist hätte sie besser formulieren können, und jetzt, während Benjamin plötzlich ganz anders redet, enthüllt die Satire ihren tiefsten Sinn. Das Plädoyer vor der Militärkommission ist seine letzte Äußerung im Roman, doch hier spricht in Wirklichkeit nicht mehr der Narr aus Tunejadewke und auch nicht Mendele, sondern der Autor selbst.

Für Abramovitsch ist der dumme Benjamin nicht ein pathologischer Fall, sondern ein gesellschaftliches Exempel. Seht hin – so sagt er zu den Lesern, während er ihm die Maske des komischen Heiligen abnimmt und die Worte eines vernünftigen Menschen in den Mund legt –, seht hin! Nicht nur Senderl ist eine Projektionsfigur, in der Benjamin sich erkennen könnte, wenn es ihm gegeben wäre, auch er, Benjamin selbst, ist eine Projektionsfigur, und ganz Tunejadewke könnte sich in ihm erkennen.

Denn im Hohlspiegel der Satire ist er nur die Spitze eines Eisbergs. An den beiden Orten ihres Müßiggangs, im Bethaus und im Dampfbad, verhalten sich alle Männer des Schtetls wie Benjamin: In dem einen sind sie «heilig», in dem anderen halten sie sich «rein» – und zu beiden haben ihre Frauen keinen Zutritt.

Drittes Kapitel

# Von Ehemännern und Junggesellen
## Scholem Alejchem

Nicht zufällig ist Scholem Jankew Rabinowitsch (1859–1916) der bekannteste Autor der jiddischen Literatur. Ein erster Grund dafür mag schon das Pseudonym sein, unter dem er geschrieben hat, denn Scholem Alejchem ist eine Grußformel. Sie bedeutet «Friede sei mit Euch», und oft steht sie am Anfang eines Gespräches, das die Gestalten seiner Werke mit ihrem Autor führen.

Er verwendet eine ganz andere Erzählstrategie als Scholem Jankev Abramovitsch. Auch der Buchhändler Mendele Moícher Sfórim ist schnell zum Pseudonym des Autors geworden, der ihn erfunden hat, Abramovitsch aber macht seine Kunstfigur zur erzählenden Instanz: Mendele ordnet die Texte und kommentiert sie für den Leser. Die Kunstfigur Scholem Alejchem dagegen ordnet nicht und kommentiert nicht, sie hört nur zu, wie die Menschen reden, sie lässt ein imaginäres Tonband laufen und schreibt das Gehörte auf. Kein auktorialer Erzähler verstellt den Blick des Lesers, unvermittelt treten die Figuren an ihn heran und öffnen ihr Herz vor ihm.

«Wenn einem das große Los beschert ist, hört Ihr, Herr Scholem Alejchem, kommt es geradewegs ins Haus.» So beginnt der Milchmann Tewje seine erste Geschichte. Im Laufe von zwanzig Jahren (1895–1914) wird er noch andere erzählen, und gemeinsam bilden sie den berühmtesten Roman der jiddischen Literatur:[1]

> Und wenn – Gott behüte – das Gegenteil der Fall ist, könnt Ihr vor lauter Reden zerplatzen, und es wird Euch soviel helfen wie der Schnee vom vergangenen Jahr, denn wie sagt Ihr: *Es gibt keine*

> *Weisheit, keinen Verstand, keinen Rat gegen ein schlechtes Pferd.* Ein Mensch schuftet, quält sich, bis er sich am liebsten hinlegen und – die Feinde Zions sollen's – sterben würde. Auf einmal, man weiß nicht weswegen und woher, pferdet es von allen Seiten daher, wie es in der Bibel geschrieben steht: *So wird eine Hilfe und Errettung den Juden erstehen.* Das muss ich Euch ja nicht mehr extra auslegen; die Stelle lässt sich so deuten, daß ein Jude – *solange die Seele noch in mir ist* (solange noch eine Ader pulst) – das Gottvertrauen nicht verlieren darf. Ich hab' das tatsächlich bei mir selbst gesehen, wie der Oberste mich geleitet hat bei meinem jetzigen Broterwerb: Denn wie käme ich sonst gerade dazu, mit einem Male Käse und Butter zu verkaufen, wo doch meiner Großmutter Großmutter niemals mit Milchwaren gehandelt hat? Es ist's wahrhaftig wert, daß Ihr Euch die ganze Geschichte vom Anfang bis zum Ende anhorcht. Ich werd' mich für eine Weile hier neben Euch hin ins Gras setzen, soll das Pferd derweil ein bißchen was kauen, wie Ihr sagen würdet: *Der Odem alles Lebenden lobe deinen Namen, Ewiger* – auch ein Pferd ist ein Geschöpf Gottes. (9 f.)

Der Sprecher scheint sich zunächst an einen Herrn Scholem Alejchem zu wenden, aber der Gruß ist eine Pluralform[2] und meint auch die Leser des Textes, die unsichtbar hinter dem Angesprochenen stehen. Weil der Autor sich völlig zurücknimmt und nur die Stimme des Milchmanns hören lässt, werden Tewjes Worte zur öffentlichen Rede und gewinnen eine Repräsentanz, die über das Individuelle hinausgeht. Seine Geschichte wird zur Parabel des menschlichen Schicksals, und er würzt sie mit Sentenzen von allgemeiner Gültigkeit.

Teilweise entnimmt er sie der jüdischen Tradition, der Bibel oder dem Gebetbuch, aber die Zitate sind nicht immer sehr genau und oft nur Tewjes eigene Erfindung. «*Es gibt keine Weisheit, keinen Verstand, keinen Rat gegen ein schlechtes Pferd.*» Der Fuhrmann weiß, wovon er redet, und wenn es einmal anders kommt – wenn das Glück ihm lächelt –, dann «*pferdet es von allen Seiten*». So steht es zwar in keinem der heiligen Bücher, aber wer Tewje sprechen hört, versteht jedes Wort.

Er ist nicht immer ein Milchmann gewesen. Seine erste Geschichte heißt «Das große Los», und während sein Pferd ‹ein bißchen was kaut›, erzählt er seinem Zuhörer, wie er früher mit einem Fuhrwerk schwere Baumklötze befördern musste, seine Familie damit kaum ernähren konnte und wie dann eines Tages alles anders wurde. Zwei jüdische Frauen verirren sich im Wald, Tewje bringt sie zu ihrer Familie zurück und wird dafür reich belohnt. Es ist ein Wendepunkt in seinem Leben, und wir schauen ihn uns näher an.

### *Tewjes Sternstunde*

Ein Mann mit einem Pferd rettet zwei Frauen aus der Not: Scholem Alejchem spielt mit dem Motiv des edlen Ritters, aber in Tewjes Mund wird es zur Parodie. Der Tag geht zur Neige, der Mann ist schon auf dem Heimweg und steigt vom Wagen, um das Nachmittagsgebet zu verrichten, da gerät sein Pferd plötzlich in Panik. Es jagt mit dem Wagen davon, und Tewje, immer noch betend, läuft ihm nach.

> Kurz und gut, ich renne so dem Wagen hinterdrein und spreche laut das Achtzehngebet, mit einer Melodie wie der Vorbeter in der Synagoge: «[…] *Barmherziger Vater* – erbarmungsvoller, lieber Vater! *Höre unsere Stimme* – horch auf unser Geschrei, *schone uns und erbarme dich unser* – hab Erbarmen mit meiner Frau und meinen Kindern, denn sie sind, nebbich, hungrig!» […] Auf einmal: halt! Das Pferd ist stehengeblieben. Ich rattere schnell noch den Rest des Achtzehngebets herunter, hebe die Augen und werfe einen Blick – gerade aus dem Wald heraus kommen mir zwei seltsame Wesen entgegen: verhüllt und ungewöhnlich gekleidet. (16–18)[3]

Es sind die beiden Jüdinnen, die er wenig später zu ihrer Familie zurückbringen wird. Der Fuhrmann steht am Wendepunkt seines Lebens, und zu den Ironien der Szene gehört es, dass die beiden ‹seltsamen Wesen› ihm bald darauf genau jene Wünsche erfüllen, die er eben in seinem Gebet geäußert hat. Doch das weiß er noch nicht, und Tewje reagiert ganz im Gegenteil mit Schrecken:

> «Räuber!» – Dieser Gedanke durchzuckte mein Hirn. Jedoch faßte ich mich sogleich wieder: «Pfui, Tewje, bist ein Narr! Ja was denn! Du fährst schon so viele Jahre lang durch den Wald, bei Tag und bei Nacht; wie kommst du heute mir nichts, dir nichts auf Räuber?» (18)

Die Szene erinnert an *Die Reisen Benjamins des Dritten*, der im Wald umherirrt und in Ohnmacht fällt, als er vor dem Kutscher steht, doch sie zeigt zugleich, wie anders Tewje seine Geschichte erzählt. Auch er denkt sofort an Räuber, als ihm jemand im Wald begegnet, aber wir brauchen keinen Mendele, um uns in seinen Gemütszustand zu versetzen. Tewje selbst weiß sehr gut, wie es um ihn steht, er gerät nicht aus der Fassung und kann sich, wenn es nötig ist, auch zur Ordnung rufen.

Ob seine Ängste völlig irrational sind, steht auf einem anderen Blatt, und sie wiederholen sich auch später noch einmal. Hier erzählt uns Tewje zunächst von der großen Wende in seinem Leben. Er bringt die beiden Frauen in seinem Wagen zu ihrer Familie zurück, die sie schon seit Stunden sucht; beim Wiedersehen brechen alle in Freude aus, und sogleich wird aufgetischt, weil die Verschollenen den ganzen Tag nichts gegessen haben:

> Kurz und gut, man trug Lampen auf die Veranda heraus, deckte den Tisch, holte heiße Samoware und Teekannen her und Zucker und Eingemachtes und leckere Omeletten und frisches, duftendes Buttergebäck und dann allerlei Eßsachen, die teuersten Speisen, fette Suppen und Braten und eine Menge Gänsernes, dazu die besten Weine und Schnäpse. (31)

Die beiden Damen, die Tewje im Wald gerettet hat, gehören zur jüdischen Oberschicht in Kiew, die in dieser ländlichen Gegend ihre Sommerfrische verbringt. Auch Tewje hat an diesem Tag noch nichts gegessen, aber das Menü, das hier aufgetragen wird, sieht er vorerst vom Rande der Veranda aus und macht sich seine Gedanken dazu:

> Ich bin nur in einiger Entfernung dagestanden und habe beobachtet, wie – unberufen – man bei den Jehupezer[4] Reichen so ißt und trinkt, kein böser Blick möge ihnen Schaden bringen! […] Mir scheint – was weiß ich? –, was hier auf den Boden fällt, würde meinen Kindern eine ganze Woche lang reichen, bis zum Sabbat. (31)

Und während er zuschaut, macht Tewje, was er auf den Seiten dieses Romans oft tut – er spricht mit Gott und fragt ihn nach Seiner Gerechtigkeit. Dann, mit einiger Verspätung, erinnern sich die Reichen an ihn und blicken sich nach ihm um:

> «Still, wo ist denn der Jud' hingekommen?» höre ich jemanden fragen. «Schon wieder weggefahren, der Unglücksmensch?»
> «Gott behüte!» versetze ich aus der Ferne. «Glaubt Ihr denn, ich werde einfach so wieder wegfahren, ohne eine Verabschiedung? Schalom-Alejchem!» sage ich. «Einen guten Abend Euch, wünsche gesegneten Appetit und gut zu speisen und wohl bekomm' es Euch!» (32)

Tewjes Worte sind nicht unterwürfig, aber sie sind vorsichtig. Sie zeigen die Ambivalenz, mit der im jiddischen Witz alle Armen den Reichen begegnen. Zwar ist die Ungerechtigkeit nicht zu übersehen, die hier herrscht, doch die Armen bleiben immer von den Reichen abhängig und dürfen es sich mit ihnen nicht verscherzen.

Man holt ihn ins Licht der Veranda, fragt ihn nach Namen und Geschäft, und Tewje lässt durchblicken, dass er nicht zu den Begüterten dieser Erde gehört. Er trinkt ein Gläschen Branntwein, man lädt ihn ein, sich an die gedeckte Tafel zu setzen, und er wird deutlicher: «Ein bisschen Schnaps», sagte ich, «mit Vergnügen, aber sich einfach da hinsetzen und ein Festmahl schmecken lassen, während dort, bei mir daheim, meine Frau und Kinder …». (34) Endlich begreifen die Reichen, sie packen ihm die feinsten Speisen auf den Wagen, und dann kommt es zum entscheidenden Gespräch:

> «Das bringt Ihr», meinen sie, «als Geschenk für Eure Frau und Kinder nach Hause. Und jetzt sagt, wieviel wollt Ihr, daß man Euch für Eure Mühe zahlt, die Ihr unseretwegen auf Euch genommen habt?» (35)

Es ist eine heikle Frage, und Tewje will ihr zunächst ausweichen. «Ihr werdet mich», sage ich, «Eurem guten Willen gemäß bezahlen.» (35) Die Herren aber erwarten eine Antwort von ihm, und Tewje ist unschlüssig:

> «Was soll man da machen?» denke ich mir. «Das ist schlecht: Wenn ich sage: einen Rubel, wär's schade, wenn ich vielleicht zwei hätte nehmen können. Sage ich aber: zwei, fürchte ich, sie könnten mich für einen Wahnsinnigen halten: ‹Weshalb macht das zwei Rubel?›»
> «Drei Rubelchen …!!!» platzt es aus meinem Mund heraus. (35 f.)

Was Tewje unterläuft, heißt heute eine Freudsche Fehlleistung, und sie hat ihren eigenen Witz. Die Szene geht aber noch weiter. Ihre Fortsetzung erinnert an einen anderen Text der jiddischen Literatur, der kurz vor Tewjes erster Geschichte entstanden ist:

> Und unter den Leuten bricht so ein Gelächter aus, daß ich mich am liebsten tief in die Erde eingegraben hätte.
> «Nehmt es mir nicht übel», sage ich, «wenn es so aus mir herausgeplatzt ist; ein Pferd», sage ich, «auf vier Füßen strauchelt auch, um wieviel mehr ein Mensch mit seiner einen Zunge …» Das Gelächter wurde noch stärker; man hält sich einfach die Seiten vor Lachen. (36)

1895 hat Tewje seinen ersten Auftritt. Im Jahr zuvor erschien *Bontsche Schweig* von Jizchok Leib Perez. Es ist die wohl berühmteste Kurzgeschichte der jiddischen Literatur: Sein Leben lang hatte Bontsche nur Unglück, von allen wurde er betrogen und ausgenutzt, aber nie beschwerte er sich über sein Schicksal. Als er stirbt, hat das himmlische Gericht nichts an ihm auszusetzen. «Er hat geschwiegen», sagt der Engel Ankläger, als er Bontsches Sünden aufzählen soll. «Jetzt schweige auch ich.»

Wie schon zu Lebzeiten bleibt Bontsche auch vor dem Gericht des Himmels stumm. Nur der Engel Verteidiger und der Engel Ankläger führen das Wort, zuweilen hört man den Gerichtsvorsitzenden oder einen missgünstigen Heiligen, der Bontsche um seine Unschuld beneidet. Denn noch nie ist ein so sündenfreier Mensch in den Himmel gekommen, und das Paradies steht ihm offen. Man fordert ihn auf, jeden nur denkbaren Wunsch zu äußern, er kann es zunächst gar nicht fassen – und schließlich, zum ersten und einzigen Mal, sagt er ein paar Worte:

> «Na, dann», lächelt Bontsche, «wünsche ich mir jeden Tag in der Früh eine warme Semmel mit frischer Butter!»
> Die Richter und Engel senkten beschämt ihre Köpfe; der Engel Ankläger brach in Gelächter aus.[5]

Diesem Ende verdankt die Geschichte von Bontsche Schweig ihren Ruhm. Es ist minimalistisch und lässt offen, *warum* Richter und Engel von Bontsches Wunsch so beschämt sind. In der jüdischen Katastrophengeschichte des 20. Jahrhunderts wird der Text zum Rorschachtest der Interpretationen, und selbst Übersetzer neigen dazu, seine Schlusspassage nach ihrem jeweiligen Verständnis sprachlich auszuweiten.

Wir schauen uns an, wie Scholem Alejchem fast in Echtzeit auf diesen Schluss reagiert. Nicht nur die Scham der Richter und Engel bleibt dort ohne Kommentar. Unerklärt, fast rätselhaft, ist auch das Gelächter des Anklägers, mit dem Perez seine Geschichte ausklingen lässt. Das Lachen der reichen Leute, denen Tewje seine Summe nennt, lesen wir hier als Scholem Alejchems Variation über das Gelächter in «Bontsche Schweig».

Zunächst holt er die Szene vom Himmel auf die Erde herunter. Sie wird nicht von Engeln, sondern von Menschen bevölkert, ist daher auch nicht utopisch, sondern real. Der «Lohn», den Tewje nennen soll, ist keine moralische, sondern eine ökonomische Kategorie, keine Belohnung einer höheren Macht für eine gute Tat, sondern der Gegenwert für einen konkreten Dienst, zähl- und zahlbar in irdischer Währung.

Anders als Bontsche ist Tewje auch kein Schweiger, sondern ein Sprecher. Die Szene auf der nächtlichen Veranda entsteht erst mit der Geschichte, die er Scholem Alejchem erzählt; als die Reichen ihm ihre Frage stellen, zögert er nicht, weil ihm die Worte fehlen, sondern weil er seine Rechnung macht – und diese Rechnung ist falsch. Tewje hält die drei Rubel, die ihm herausgeplatzt sind, für maßlos übertrieben und entschuldigt sich sofort. Die Männer auf der Veranda hingegen halten sie für maßlos untertrieben und brechen in Gelächter aus: Die Maßstäbe von Reich und Arm sind nicht zur Deckung zu bringen.

Auch Bontsche legt einen falschen Maßstab an, als er aufgefordert wird, einen Wunsch zu äußern, mit Tewjes Irrtum aber ist das nicht zu vergleichen. Die Engel wollen ihm das Himmelreich geben, und Bontsche tauscht es gegen eine Semmel ein. Sein Missverständnis ist so fundamental, dass es nicht zu korrigieren ist, und dem Ankläger bleibt nur das hoffnungslose Lachen der Tragödie.

Das Lachen der Reichen über Tewjes drei Rubel ist anders. Soeben hat der Fuhrmann ihnen die Frauen zurückgebracht, und an diesem Abend sind sie bester Laune. Ihre Überheblichkeit dem armen Mann gegenüber ist ausnahmsweise einmal freundlich, und sie lachen das Gelächter der Komödie, die nun an ihr gutes Ende kommt:

> «Laßt es genug sein mit dem Lachen!» ruft der Hausherr, nimmt aus der Brusttasche eine große Börse und kommt und zieht aus der Börse – was meint denn Ihr, wieviel? Nun, ratet! – einen Zehner, einen, der so rot wie Feuer war, wie ich mit Euch zusammen gesund sein möge! – Und er spricht so: «Das bekommt Ihr von mir, und ihr, Kinder, gebt nun aus eurer Tasche, soviel euch angemessen erscheint.» (36)

Es regnet Scheine und Münzen auf den Tisch, und als Tewje nachzählt – erst später, als er wieder zu Hause ist, denn auf der Veranda hätte er es nicht gewagt –, sind es siebenunddreißig Rubel: für die Reichen von Kiew ein kleines Almosen, für den armen Fuhrmann ein gewaltiges Vermögen. Von den Damen, die er aus dem Wald gerettet hat, bekommt er noch eine Milchkuh geschenkt, und gemeinsam mit seiner vielköpfigen Familie wird er fortan eine Molkerei betreiben.

Sein Leben hat eine Wendung genommen, und trunken vor Freude macht er sich auf den Heimweg. Er tritt ins Haus und weckt seine längst schlafende Frau:

> «Einen guten Feiertag!» sage ich zu ihr, «Masel-tov dir, Golda!»
> «Einen wüsten Masel-tov dir, einen finsteren!» gibt sie zurück. «Was bist du so feiertäglich gestimmt, mein teurer Brotgeber? Kommst du von einer Hochzeit oder von einer Beschneidungsfeier, mein Goldspinner?» (39 f.)

Von solcher Begrüßung lässt Tewje sich nicht beirren. Er geht zum Wagen hinaus, bringt die Speisen, die man ihm mitgegeben hat, und stellt sie auf den Tisch. Inzwischen kommen auch die Kinder aus den Betten.

> Meine Sippe sah Semmeln, roch Fleisch – und fiel über den Tisch her wie die hungrigen Wölfe, nebbich: eine Rafferei ging zwischen ihnen los, die Hände zitterten, die Zähne arbeiteten; es war, wie es

geschrieben steht: *Und sie haben gegessen* – das heißt laut Raschi: Man hat geknabbert wie die Heuschrecken. Tränen traten mir in die Augen … (40 f.)

Tewje hat das große Los gezogen: Der schönste Tag in seinem Leben endet mit einem üppigen Nachtmahl.

Wäre dies seine einzige Geschichte, so müsste der Vergleich mit «Bontsche Schweig» eher willkürlich erscheinen. Aber im Laufe von zwei Jahrzehnten erzählt Tewje noch eine Reihe weiterer Geschichten, und sie werden zu einer Chronik des Ostjudentums um die Jahrhundertwende. Tewje hat sieben Töchter, und in den Schicksalen, die fünf von ihnen erleiden,[6] wird diese Chronik zur fortschreitenden Tragödie. Knapp eine Generation jünger als der Erfinder des Mendele, reift Scholem Alejchem in den Achtzigerjahren zum Künstler, während der Antisemitismus im zaristischen Russland virulent zunimmt. Den ursprünglichen Optimismus der *Maskilím*, der den jungen Scholem Jankev Abramovitsch noch erfüllte, kannte er nicht mehr, und das hat sein Gesellschaftsbild entscheidend geprägt.[7]

Zum Wesen des jiddischen Witzes, wie er im Volksmund und in den Werken der großen Erzähler zum Ausdruck kommt, gehört der tragische Hintergrund, vor dem er entsteht und ohne den er nicht zu denken ist. Das Gelächter, das er hervorruft, ist deshalb nur selten unbeschwert. Wir haben versucht, ein Lachen der Tragödie vom Lachen der Komödie zu unterscheiden, und im Vergleich von «Bontsche Schweig» mit Tewjes erster Geschichte tritt uns dieser Unterschied deutlich entgegen.

Selbst an seinem glücklichsten Tag aber bleibt Scholem Alejchems Fuhrmann sich immer seiner Not bewusst. Als die Reichen ihn an den gedeckten Tisch setzen wollen, vergisst er seine hungernde Familie nicht. Als seine Frau ihn mürrisch empfängt, bleibt er stoisch, weil er das längst gewohnt ist, und nie verliert er die Gefahr aus den Augen: Als er die beiden ‹seltsamen Wesen›, mit denen sein Leben eine gute Wende nehmen wird, zum ersten Mal im Wald erblickt, erschrickt er instinktiv und glaubt, es seien Räuber.

Ein Jude, sagt Tewje zu Beginn seiner ersten Geschichte, darf «das Gottvertrauen nicht verlieren». Das hindert ihn jedoch nicht daran, immer skeptisch zu bleiben. Noch als alles schon gut ist – als Tewje das Geld, das die Reichen ihm auf den Tisch geworfen haben, bereits in der Tasche hat und er die Veranda verlässt –, kommt es zu folgender Szene:

> Ich schau' in den Hof zum Wagen, ich will zum Pferd hin – o weh, ein Unglück, Zores,[8] Schicksalsschlag! Ich schaue nach allen Seiten, *und das Kind ist fort* – kein Pferd mehr da!
> «Nun, Tewje», denke ich mir, «jetzt hast du das Schlamassel!» (38)

Auch im Augenblick des Glücks kann er sich von seinen Ängsten nicht befreien, und als er das Pferd nicht gleich findet, geht ihm ein Bibelvers durch den Kopf. Ruben ist der einzige unter den Brüdern, der Josef nicht umbringen will. Um sie von ihrem schon geplanten Mord abzuhalten, überredet er sie, ihn in eine Grube zu werfen, die Brüder aber verkaufen ihn heimlich nach Ägypten. Als Ruben zur Grube kommt und sie leer findet, sagt er die Worte «*und das Kind ist fort*» (1 Mose 37,30). Die Brüder täuschen ihm vor, Josefs blutigen Rock gefunden zu haben, und Ruben und sein Vater Jakob leben seitdem in dem Glauben, Josef sei von einem wilden Tier zerrissen worden.

Obwohl er soeben das große Los gezogen hat, traut Tewje seinem Glück nicht, und in der kurzen Sekunde einer biblischen Assoziation staut sich noch einmal die Angst vor einem fürchterlichen Betrug, dem er hier aufgesessen ist. Gleich darauf erweist sie sich als überflüssig – sein Pferd steht im Stall und kaut den feinsten Hafer, den es jemals zu fressen bekommen hat –, aber gerade in der glücklichsten Geschichte, die Tewje zu erzählen hat, sind solche dunklen Augenblicke ominös. Sie nehmen die Schatten des Schicksals vorweg, dem er in den weiteren Kapiteln des Romans entgegengeht.

Das Unglück holt ihn schnell ein. Seine zweite Geschichte heißt «Wie gewonnen …», und der Titel zeigt es schon an – das große Los des Anfangs verwandelt sich ins Gegenteil. Als Tewje einmal in Kiew mit seinen Milchwaren unterwegs ist, begegnet er einem Mann namens Menachem Mendel, der sich ihm als ein Verwandter vorstellt, ein entfernter Cousin seiner Frau Golda. Er kann ihn nicht gleich einordnen, die Leser aber, anders als Tewje, wissen sofort Bescheid: So heißt eine Figur in Scholem Alejchems Werk, die nicht weniger berühmt ist als der Milchmann selbst.

Menachem Mendel versucht sein Glück an der Börse und verliert bei allem, was er dort anfängt, nur Geld. Tewjes zweite Geschichte erscheint 1899, und zu diesem Zeitpunkt ist der Spekulant schon ein alter Bekannter des Publikums. Seine ersten Abenteuer erzählt er 1892, und Menachem Mendel ist auf dem besten Weg, in der jiddischen Kultur zum Synonym eines Unglücksraben zu werden wie Don Quijote in der Kultur Europas. Der Milchmann bringt ihn als Gast in sein Haus, Golda ist angetan von ihrem Verwandten, und dass Tewje sich bald darauf überreden lässt, seine schwer erarbeiteten Ersparnisse an der Börse einzusetzen, wo er alles verlieren wird – das wissen die Leser lange, bevor er selbst es begreift.[9]

Hier gehen wir nicht dem Offensichtlichen nach, sondern einer anderen, weniger deutlichen Spur. Bevor die beiden Männer ins Geschäft kommen, erzählt Menachem Mendel von der Börse, die ihn nie zur Ruhe kommen lässt, er nennt phantastische Summen, wirft mit Begriffen wie «Hausse» und «Baisse» um sich, und Tewje versteht kein Wort. Während er seinem Verwandten zuhört, will er etwas anderes wissen:

> «Wie ich», sage ich, «deine Ehehälfte kenne, kommt es mir», sage ich, «doch sehr erstaunlich vor, daß sie dich so herumschwirren läßt und dir nicht», sage ich, «auf einem Besen nachgeritten kommt.»

> «Ach!» macht er zu mir mit einem Seufzer. «Daran sollt Ihr mich, Reb Tewje, gar nicht erinnern, ich bekomm's von ihr auch so», sagt er, «kalt und warm; Ihr solltet Euch anhören», sagt er, «was sie mir schreibt, dann würdet Ihr selber sagen, daß ich ein Heiliger bin. Aber das», sagt er, «gehört zu den Kleinigkeiten; dazu ist ja ein Weib da, daß sie mich unter die Erde bringt. Es gibt», meint er, «aber noch eine schlimmere Sache: Ich nenne, versteht Ihr mich, eine Schwiegermutter mein Eigen! Ich muss Euch ja nicht davon erzählen», sagt er, «Ihr kennt sie …!» (59)

Der Milchmann solle sich anhören, seufzt Menachem Mendel, was seine Frau ihm schreibt, und die Szene ist vielschichtig. Vordergründig erzählt Tewje einem Zuhörer namens Scholem Alejchem, worüber er mit seinem Verwandten gesprochen hat; seine Rede aber richtet sich auch an eine unsichtbare, sehr viel größere Zuhörerschaft: An die Leser des Autors Scholem Alejchem, die die Korrespondenz zwischen Menachem Mendel und seiner Frau bereits kennen und wissen, worauf hier intertextuell angespielt wird.

Wie *Tewje, der Milchmann* entsteht auch *Menachem Mendel* in Fortsetzungen; der eine Roman enthält die Geschichten, die Tewje erzählt, der andere die Briefe, die Menachem Mendel und seine Frau Scheine-Scheindel sich gegenseitig schreiben.[10] Über weite Strecken folgt der Austausch der beiden Eheleute einem festen Muster, und wir werfen einen Blick auf die Briefe, die den Roman einleiten.

Der erste Brief trägt die Überschrift «Menachem Mendel aus Odessa an seine Frau Scheine-Scheindel in Kasriliwke». Die beiden Ortsnamen sind bereits ein Teil der Handlung: Odessa, die offene Hafenstadt, ist das Tor zur großen Welt, in die Menachem Mendel hinaus will. Kasriliwke ist Scholem Alejchems fiktiver Name für das Schtetl schlechthin, er bezeichnet seine Armut und Enge, zugleich aber auch eine ganz eigene Identität, einen Mutterboden, der in der großen Welt verloren geht.

Der teueren, edlen, tugendhaften und klugen Ehefrau Scheine-Scheindel meinen Gruß!
Zum *ersten* sei Dir kundgetan, daß ich – Dank Seinem lieben Namen! – gesund bin und mein Leben das des Friedens, der Herr, gelobt sei er, möge helfen, daß eines vom anderen nur Gutes höre in guter Botschaft zu Trost und Heil – Amen.[11]

Die Sprache dieser ersten Anrede ist eine Formalität im wörtlichen Sinn. Sie folgt der Diktion längst vergangener Zeiten und scheint einem alten jüdischen Briefsteller entnommen zu sein. Auch alle weiteren Briefe Menachem Mendels beginnen mit genau diesen Worten: Sie bauen zunächst die Fassade einer intakten, von den Segenssprüchen der Tradition getragenen Familienordnung auf – und erst dann, in den Nachrichten, die die Briefe jeweils enthalten, bricht das Chaos auf.

Die Geschäfte, denen Menachem Mendel in den großen Städten nachjagt, sind nämlich das genaue Gegenteil dieser Ordnung. Im Schtetl hat sie vielleicht einmal bestanden, doch Scholem Alejchem zeigt uns, wie verheerend der Frühkapitalismus hier gewirkt hat. Dem Milchmann Tewje bringt er einen nur verhältnismäßig geringen Schaden, das Leben Menachem Mendels aber zerstört er völlig. «Zum *zweiten* wisse», fährt er nach der Anrede fort:

Ich bin nicht imstande, Dir die Stadt Odessa zu beschreiben, so groß und schön ist sie [...], schon gar nicht die goldenen Geschäfte, die man hier machen kann. [...] Ich habe auch von allem Anfang zu zwei, drei guten Geschäftchen gerochen, [...] bis ich das Richtige gefunden habe; ich handle nämlich mit «London» und verdiene dabei gar nicht schlecht. [...] Kurz, dieses «London» ist eine Ware, bei der man sein Glück machen kann in einem Tag. (7 f.)

«London» ist eine Aktie, und Scheine-Scheindel hat keine Ahnung, wovon er redet. Als er es ihr später zu erklären sucht, stellt sich freilich heraus, dass auch er es nicht versteht. Aus den Geschäften kann deshalb nie etwas werden, und dies zeigt schon der erste Brief. Dort wechselt er plötzlich das Thema und erzählt seiner Frau das Folgende:

> Du fragst natürlich, wie ich nach Odessa komme, wenn ich nach Kischinew gefahren bin? Offenbar ist es mir von Gott beschieden, ein paar fette Tausender zu verdienen! Nun sollst Du hören, wie Seine Hand die Menschen führt:
> Wie ich nach Kischinew zum Vetter Menasche gekommen bin – die Mitgift beheben, da fragt er mich zu allererst, wozu ich die Mitgift brauche. Ich sage: wahrscheinlich brauche ich sie, wenn ich sie nicht brauchte, wäre ich nicht gekommen. (8)

Vetter Menasche hat die Mitgift, die er verwaltet, aber leider nicht zur Hand. Stattdessen gibt er seinem Verwandten zwei Wechsel auf fünf Monate und eine Anweisung, die nicht in Kischinew, sondern bei Barschak in Odessa einzulösen ist. Hier endet der erste Brief, und Menachem Mendel unterzeichnet ihn schon, doch dann kommt noch ein Zusatz. Er beginnt mit den Worten «Richtig: das Wichtigste!», und ebenso wie die formale Einleitung wird ein solches Postskriptum von jetzt an alle seine Briefe begleiten:

> Richtig: das Wichtigste! Wie ich mit der Anweisung zu Barschak gekommen bin, sagen sie mir dort, daß die Anweisung gar keine Anweisung ist. Die kann ich mir hinter den Spiegel stecken! […] (9)

Auf diesen Brief schreibt ihm seine Frau Scheine-Scheindel die folgende Antwort:

> Dem hochgelehrten, edlen und mächtigen Herrn, dem weisen Kenner der Thora, dem hochgelehrten Reb Menachem Mendel ehrfürchtigen Gruß!
> *Erstens* vermelde ich Dir, daß wir alle, Gott sei Dank, beim besten

> Wohlsein sind, gebe Gott uns, das Gleiche von Dir zu hören fürderhin und nichts Schlimmeres. (11)

Die beiden Eheleute verwenden offenbar den gleichen Briefsteller. Nach der formalen Einleitung, die auch Scheine-Scheindel von jetzt ab immer wiederholen wird, antwortet sie ihrem Mann mit einer Sintflut von Flüchen:

> *Zweitens* teile ich Dir mit, daß sich bei mir wieder die alten Krämpfe melden, Deinen Vetter Menasche mögen sie befallen, der Dir mit den fünfzehnhundert Fetzen Mitgift solche Sachen aufgeführt hat. Glück soll er dafür haben Jahr um Jahr! Wie sagt doch meine Mutter, leben soll sie: «Die Katze als Bote für Purimgeschenke!» Ich täte Wechsel bei ihm nehmen! Einen Schmarrn tät ich bei ihm nehmen! Und auf fünf Monate! Fieber soll er solange haben! Höre – Gott gebe, daß ich eine Lüge sage: ich fürchte, Du wirst den Rest des Geldes so sehen, wie Du Deine Ohren siehst, die Du bis dorthin nach Odessa geschleppt hast. (11)

Auf den ersten Blick sind ihre Flüche gegen den Vetter gerichtet, der Menachem Mendel hinters Licht führt. Aber es wird auch deutlich, was Scheine-Scheindel von den Geschäften ihres Mannes hält. Sie greift ihn nicht direkt an – auch später wird sie es nur selten tun –, doch was sie ihm schreibt, ist alles andere als naiv. «Du wirst den Rest des Geldes so sehen, wie Du Deine Ohren siehst»: Der Satz ist witzig formuliert und sagt zugleich, dass ihr Mann gefälligst in den Spiegel schauen möge, um sich selbst und seine fadenscheinigen Geschäfte zu erkennen.

Dies ist das Muster der Korrespondenz: Menachem Mendel beschreibt die Abenteuer seiner ständig scheiternden Jagd nach einem Verdienst, Scheine-Scheindel und ihre scharfzüngige Mutter bilden die Gegenstimme eines bodenständigen Realismus. Immer wieder beschwört seine Frau ihn, endlich nach Hause zu kommen und es gut sein zu lassen mit den Geschäften, es hilft ihr aber nichts.

Als er sein Geld an der Börse verloren hat, wendet Menachem Mendel sich neuen Tätigkeiten zu – unter anderem handelt er mit Zucker und mit Holz, wird Wohnungs- und Heiratsvermittler, versucht sich als Schriftsteller und Versicherungsagent –, keiner dieser Berufswege aber führt ihn nach Hause.

Bald regt sich im Leser der Verdacht, dass Menachem Mendel nicht nach Hause kommen *will*, und bereits im zweiten der sechs Bücher sagt Scheine-Scheindel es offen. «Was hast Du für Absichten?» schreibt sie. «Bist Du meiner überdrüssig, so komm her und gib mir den Scheidebrief, wenn Du das nicht willst, so fahr' lieber gleich zu allen Teufeln nach Amerika [...], da es mir schon bestimmt ist, für immer verlassen mit drei kleinen Kindern dazusitzen.» (52)

Das Motiv der *Agúne* haben wir schon kennengelernt, und *Menachem Mendel* erinnert nicht zufällig an *Die Reisen Benjamins des Dritten*. Keine fünfzehn Jahre liegen zwischen der Satire des Mendele Moícher Sfórim und dem ersten Auftritt von Scholem Alejchems Pechvogel, aber die Autoren gehören verschiedenen Generationen an, und Welten trennen auch ihre Protagonisten. Benjamin flieht vor seiner Frau noch in die Mythen einer jüdischen Vergangenheit, Menachem Mendel ziehen schon die Mythen einer kapitalistischen Zukunft an, doch ihre Ziele bleiben unerreichbar: Der eine wird die Zehn Verlorenen Stämme nicht finden, der andere nicht die Millionen.

Und wie den Senderl, der Benjamin auf seiner Reise begleitet, gibt es auch in *Menachem Mendel* einen lädierten Ehemann. Scholem Alejchem versteckt ihn in einem Postskriptum, das Scheine-Scheindel einem ihrer letzten Briefe anfügt:

> Was sagst Du zu meiner Brajndel? Sie wird schon vom zweiten Mann geschieden. Keiner weiß, warum. Aber im Vertrauen hat er mir einen Arm voll mit blauen Flecken gezeigt. Er schenkt ihr, sagt er, die Mitgift und ihren Schmuck, nur um die Plage loszuwerden. Wie sagt die Mutter, sie soll leben: «Besser ein Lot Glück als ein

> Pfund Gold …» Unsere ganze Familie hat kein Glück mit den Männern … (185)

Menachem Mendel ist offenbar nicht der Einzige, der sich hier aus dem Staub macht. Die Schwester seiner Frau wird bereits von ihrem zweiten Mann verlassen, und Scheine-Scheindel gibt vor, den Grund nicht zu wissen. Die blauen Flecken auf dem Arm ihres Schwagers aber geben preis, was die Briefe des Ehepaares verschweigen.

In seinen Berichten nach Kasriliwke hält Menachem Mendel sich stets bedeckt. Nie lesen wir bei ihm ein böses Wort gegen die Frau oder die Schwiegermutter, und nur einmal führt Scholem Alejchem uns hinter die Kulisse dieser Korrespondenz. Er lässt Menachem Mendel in einem anderen Roman auftreten, macht ihn zu Tewjes Verwandten, und dort – im Gespräch der beiden Männer – sagt er, was er uns in seinen Briefen nicht verrät: Dazu «ist ja ein Weib da, daß sie mich unter die Erde bringt. Es gibt aber noch eine schlimmere Sache: Ich nenne, versteht Ihr mich, eine Schwiegermutter mein Eigen!»

Die Befürchtung Scheine-Scheindels, eine *Agúne* zu bleiben, wird sich schließlich erfüllen. Die beiden letzten Bücher des Romans sind nur noch lange Briefe Menachem Mendels, auf die es keine Antwort mehr gibt. Seine Frau ist verstummt, und das letzte Postskriptum zu seinem letzten Brief beginnt mit den Sätzen:

> Richtig: das Wichtigste! Ich habe ganz vergessen, Dir zu schreiben, wohin ich fahre. Teure Gattin, ich fahre nach Amerika. […] Warum gerade nach Amerika? Weil in Amerika – so sagt man – Juden ihr Glück machen. Gold liegt dort – so sagt man – auf der Straße. (249)

Es ist aufschlußreich, dass Scholem Alejchem seine Romane über den Milchmann Tewje und den Spekulanten Menachem Mendel in zeitlich parallelen Fortsetzungen schreibt. Zweimal wird von Familien erzählt, nichts aber könnte verschiedener sein als diese beiden Männer und ihre Lebensumstände. Menachem Mendel müssen wir uns zumindest in den ersten Teilen des Romans als einen jungen Mann vorstellen – er hat die Mitgift noch nicht erhalten, und seine Frau hat drei kleine Kinder –, Tewje dagegen ist sehr viel älter. Seine erste Geschichte, «Das große Los», bildet die Zäsur in seinem Leben: Bevor ihm die reichen Leute aus Kiew das Geld und die Kuh geschenkt haben, war er ein armer Tagelöhner, aber über diese frühen Jahre hören wir später nichts mehr. Tewje lernen wir erst als den Milchmann kennen, der Frau und Kinder ernähren kann.

Sein Unglück ist nicht mehr die Armut, sondern das Schicksal der herangewachsenen Töchter. Sie arbeiten im Familienbetrieb, der Molkerei, aber die Eltern wollen sie glücklich verheiratet sehen, und Tewje erzählt, wie es ihnen dabei ergeht. Während Menachem Mendel das «Geldverdienen» zum Vorwand nimmt, um Abstand zu halten von Frau und Kindern, ist es bei Tewje völlig anders: Die Sorge des Familienvaters bildet den Kern aller seiner Geschichten.[12]

Immer war es die Familie, der die Juden in der Diaspora ihren Zusammenhalt verdankten, und an ihren Bruchstellen stellt Scholem Alejchem jetzt die Krise des Ostjudentums dar. Schon Tewjes älteste Tochter macht ihren Eltern einen Strich durch die Rechnung: Ein nicht mehr junger, aber wohlhabender Witwer hält um ihre Hand an, sie jedoch verweigert sich der Tradition einer vermittelten Heirat und gibt einem völlig mittellosen Schneider den Vorzug, der ihr nur ein Leben an der Armutsgrenze bieten kann.

An sich ist das noch keine Tragödie – das Unglück der ältesten Tochter wird erst später zutage treten –, und es entbehrt nicht einer gewissen Romantik. Aber damit sind die Weichen gestellt, und bei den anderen Töchtern schlägt das Schicksal härter zu. Eine von ihnen folgt einem jungen Mann in die Verbannung, der sich um die Jahrhundertwende den russischen Revolutionären anschließt und nach Sibirien geschickt wird. Eine andere trifft den Sohn einer reichen Witwe, die vor den Unruhen im Zarenreich auf einen Landsitz nahe bei Tewjes Dorf geflohen ist. Der Sohn bändelt mit ihr an und will sie heiraten, aber die reiche Familie greift ein. Sie verhindert die schon festgesetzte Hochzeit, und jetzt zeigen die gesellschaftlichen Barrieren im Ostjudentum, die in Tewjes Geschichten überall sichtbar sind, ihre tödliche Wirkung: Seine Tochter begeht Selbstmord.

Nicht alles, was Tewje zustößt, kann Scholem Alejchem im Humor seiner Erzählerfigur auffangen. Auch Menachem Mendels Tragödie ließ sich nur als Farce kaschieren, weil der Spekulant als eine Witzfigur konzipiert war, die unverantwortlich handeln durfte. Tewje dagegen spricht als eine moralische Instanz, die sich keiner Verantwortung entzieht, und seine Geschichten handeln von einem Ernst des Lebens, der rhetorisch nicht immer zu bewältigen ist. Spätestens im letzten Kapitel des Romans, auf das wir am Ende noch einen Blick werfen, tritt er uns als tragischer Held entgegen.

## *Der Junggeselle*

Vorher schauen wir uns die Novelle *Drei Witwen* an. Sie entsteht 1907, während Scholem Alejchem an den Fortsetzungen seiner beiden Romane schreibt. Mit Tewje und Menachem Mendel entwirft er zwei Gestalten, die voneinander zwar völlig verschieden, aber jeweils verheiratet sind. Für Tewje ist die Familie das Zentrum seines Lebens, und auch Menachem Mendel bleibt immer an Scheine-Scheindel gebunden. Er mag sich den häuslichen Pflichten entziehen, doch alles, was wir über ihn erfahren, steht in seinen Briefen an die Gattin.

In der Novelle von den drei Witwen ist es anders. Sie trägt den Untertitel «Geschichte eines mürrischen Junggesellen» und beginnt mit den Worten:

> Sie irren, mein Herr – nicht alle alten Jungfern sind unglücklich, nicht alle alten Junggesellen sind Egoisten. Hier im Zimmer, eine Zigarre zwischen den Lippen und ein Buch in der Hand, glauben Sie schon alles zu wissen und die Tiefen der Seele ergründet zu haben. Sie bilden sich ein, alle Probleme seien gelöst. Auch ein großes Wort haben Sie, gottlob, gefunden – Psychologie. Chapeau, mein Herr, ein Zauberwort: Psy-cho-lo-gie![13]

Den Namen des Sprechers erfahren wir nicht, aber er ist kein Tewje und kein Menachem Mendel, weder ein Milchmann, der auf dem Land lebt, noch ein unbedarfter Glücksritter aus dem Schtetl. Sein Jiddisch ist modern, er spricht wie ein Städter – wir können uns vorstellen, dass er in Odessa lebt –, er ist wohlhabend, hat Häuser und Geschäfte, und der Spott über das ‹Zauberwort Psychologie› gibt seiner Rede einen intellektuellen Zuschnitt. Vor allem aber ist er ein alter Junggeselle, das wird schnell deutlich. Seine Mitmenschen, so lässt er durchblicken, kann er nicht ausstehen. «Sollen wir sie vielleicht lieben», fragt er seinen Zuhörer, «diese vollgefressenen Kerle mit ihren feisten Backen, für die das Leben nichts ist als ein gutes Mittagessen, eine Zigarre, ein Kartenspiel? Oder die feinen Herren, die ihre Finger in die öffentliche Kasse stecken und aller Welt verkünden, es gehe ihnen nur ums allgemeine Wohl?» (132) Vielleicht zieht er deshalb die Einsamkeit vor, aber er warnt uns, keine voreiligen Schlüsse zu ziehen, während wir seine Lebensgeschichte hören. Er liebt kein langes Palaver und kommt sofort zur Sache. Sie hieß Paye, sagt er, und man nannte sie «die junge Witwe». «Wieso?» fragen Sie, «weshalb?»

> Was gibt's da zu fragen? Man nannte sie «die junge Witwe», weil sie jung war und eine Witwe. Ich war jünger als sie. Um wieviel jünger? Was geht Sie das an? Ich sage Ihnen, ich war jünger, und damit basta. Um's kurz zu machen, die Menschen haben Zungen, sie fingen an zu reden, ich sei ein Junggeselle, sie eine junge Witwe … Sie verstehen doch, was ich meine? (111)

Die Sache ist indessen nicht so einfach. Pinye, ihr verstorbener Mann, ist zu seinen Lebzeiten nur ein guter Bekannter des Junggesellen gewesen, sie spielten Karten oder Schach miteinander, nicht mehr. Als er aber unerwartet stirbt – an einem Geschwür, das die Ärzte nicht richtig zu behandeln wissen –, tritt eine merkwürdige Veränderung ein. «Wer», fragt der Junggeselle, «kann der Trauer Ausdruck geben?»

> Wäre er mein eigener Bruder gewesen, oder mein Vater – es hätte mich nur halb so schwer getroffen. Aber Pinye? Nicht auszudenken! Es war, als hätte man mir Jahre genommen, viele Jahre meines Lebens. Der Schmerz war unerträglich. (113)

Der Junggeselle spricht auf einmal ganz anders. In seine Rede kommt ein Ton, den wir bisher nicht gehört haben.

> Und die Witwe! Mit ihrem Baby in den Armen – mit ihrer kleinen Rosa, ihrem Engel, ihrem Goldstück. Unserem einzigen Trost! Wenn das Kind nicht gewesen wäre, ich weiß nicht, wie wir das überlebt hätten, weder sie noch ich. Ich bin keine Frau und keine Mutter, die ihr Kind in den Himmel lobt. Aber wenn ich Ihnen sage, dieses Kind war etwas ganz Besonderes – dann dürfen Sie's mir glauben! (113)

Das Wörtchen ‹wir› hat sich eingeschlichen. Plötzlich hat es den Anschein, als trügen Paye und der Junggeselle ein gemeinsames Schicksal, als würde er Verantwortung übernehmen für Pinyes Hinterbliebene – und so kommt es dann auch: Mit Paye, seiner ersten Witwe, nimmt das Leben des Erzählers eine Wende.

Warum ist das so, warum kümmert sich der Junggeselle um Paye und ihre Tochter, als wären sie seine eigene Familie? Den Gedanken, der dem Leser hier kommen könnte, nimmt er gleich selbst vorweg. «Vielleicht meinen Sie jetzt, ich liebte die Mutter», sagt er und spricht ganz offen:

> Ich liebte sie sehr, das leugne ich doch gar nicht. Sie haben ja keine Ahnung, wie sehr ich sie liebte. Ich sehnte mich nach ihr und wäre fast gestorben, aber ihr ein Wort zu sagen – das nicht! In den Nächten machte ich kein Auge zu und legte mir zurecht, wie ich's ihr eröffnen würde [...], aber wenn ich sie am nächsten Tag dann sah, kam mir nichts über die Lippen. Sie sagen, ich bin ein Feigling? Das ist mir egal, sagen Sie, was Sie wollen. (114)

Wir hören die Geschichte eines Mannes, der eine Frau liebt und dennoch Junggeselle bleibt. Zwar macht er einen Versuch, den Widerspruch aufzulösen – «Blicken Sie nur ein bisschen tiefer», sagt er seinem Zuhörer. «Pinye war mein Freund, ich liebte ihn mehr als einen Bruder» –, das überzeugt aber kaum, denn vor Pinyes Ableben war die Freundschaft keineswegs sehr eng gewesen.

Die Ironie der Novelle liegt weniger in der Sprechweise als in der Situation des Erzählers. Der alte Mann fasst sich kurz, weil er keine Geduld hat zu langem Gerede, der Grund dafür ist jedoch weniger der mürrische Charakter, den er an den Tag legt, als die Ausweglosigkeit, in die sein gescheiterter Lebensentwurf ihn gebracht hat. Anders als Tewje und Menachem Mendel, die auf ihre verschiedenen Weisen das Joch der Ehe auf sich genommen haben, wollte er ein Junggeselle bleiben, und jetzt beschreibt er die Fallen, die er sich damit selbst gestellt hat.

Die kleine Rosa der Witwe Paye wächst heran, sie ist nun achtzehn Jahre alt, und der Erzähler macht eine irritierende Beobachtung. «Ich weiß nicht, weshalb und warum», sagt er,

> aber jede Mutter hat so eine Art, ihrer Tochter einen Bräutigam zu suchen, sobald sie aus den Kinderkleidern heraus ist. Kaum laufen ihr ein paar junge Dachse nach, wächst der Mutter das Herz, und jeder ist sofort ein Heiratskandidat. (118)

Der Freund der Witwe ist freilich auf der Hut. Er begleitet Rosa auf einen Ball und lässt keinen an sie heran. «Seit damals wußten alle

Kavaliere, sie hatten es mit mir zu tun, bevor sie Rosa kennenlernen durften. Erst mussten sie meine Kontrolle passieren. Cerberus nannten sie mich, den Hund, der das Tor zum Paradies hütet.» (119) Der Erzähler ist kein ungebildeter Mann, er weiß sehr wohl, dass Cerberus nicht das Paradies, sondern die Hölle bewacht, doch seine Fehlleistung ist hübsch. Sie fängt die Ambivalenz ein, mit der ihn das Thema Ehe erfüllt. Dann unterläuft ihm ein größerer Fehler.

Im Haus der Witwe trifft er einen jungen Mann, der ihm gefällt – einen tüchtigen, zuverlässigen Buchhalter, der auch sehr gut Schach spielt –, und deshalb, vielleicht, übersieht er das Offensichtliche. «Soll es verbrannt werden, dieses Schachspiel, und alle Schachspieler dazu! Während wir spielten, hatte er etwas ganz anderes im Kopf. Ich nahm ihm die Dame, und er nahm mir meine Rosa.»(120) Als er erfährt, dass die jungen Leute sich verlobt haben, kommt es zum Streit zwischen dem Junggesellen und der Witwe:

> Was mir geschah, als ich die frohe Botschaft vernahm, das erspare ich Ihnen lieber. Ich sei ein Schuft, sagen Sie, ein Wahnsinniger, ein armer Irrer? Genau das hat auch sie gesagt, die Witwe. Zuerst lachte sie, dann schrie sie mich an, dann kamen die Tränen, sie wurde hysterisch – kurz: ein Riesenkrach mit allem Drum und Dran. Die Beule war geplatzt, wenn Sie verstehen, was ich meine, und in einer halben Stunde sagten wir uns alle bitteren Wahrheiten, die wir in den zwanzig Jahren, die wir uns kannten, nie ausgesprochen hatten. (120)

Welche Wahrheiten das waren, verrät er nicht. War es die Enttäuschung der Witwe, dass er ihr in diesen zwanzig Jahren nie einen Heiratsantrag gemacht hatte? Oder war es anders, hatte seine Liebe sich inzwischen von der Mutter auf die Tochter übertragen? Er war jünger als die Witwe und im besten Mannesalter. Seine Sorge um Rosa erwuchs vielleicht nicht nur aus väterlichen Gefühlen, und es mag gute Gründe geben, weshalb er von der Psychologie nichts wissen will.

Schließlich vertragen die beiden sich wieder, und es wird Hochzeit gefeiert. Aber auch Rosa hat kein Glück in der Ehe. Die Firma, für die ihr Mann arbeitet, gehört zwei Ganoven, eines Tages machen sie sich aus dem Staub, fahren nach Amerika und nehmen die gesamte Barschaft mit. Den Buchhalter lassen sie mit Schulden zurück, für die er zwar nichts kann, jetzt jedoch verantwortlich ist, und in seiner Not begeht er Selbstmord.

Rosa ist die zweite Witwe, und das Gesetz der Wiederholung tritt in Kraft. Auch sie hat eine Tochter, auch sie wächst heran und heiratet jung, und auch sie hat kein Glück mit ihrem Mann. Wie einer der Schwiegersöhne des Milchmannes Tewje ist er ein Revolutionär, aber er wird nicht nach Sibirien verbannt. Er ist Chemiker und soll eine Bombe gelegt haben, deshalb wird er hingerichtet.

Während der Junggeselle dies alles erzählt, erinnert er sich an einen schönen Augenblick in seinem Leben. Auch Rosas Tochter – sie heißt Feigele – war ein wundervolles Kind, und einmal saßen sie zu viert im Garten. Der Erzähler beschreibt eine Sommernacht – «eine dieser seltsam warmen, prächtig leuchtenden Nächte [...], in denen der Himmel und die Erde flüsternd ihre Geheimnisse austauschen» –, und fährt fort:

> Na? Wie gefällt Ihnen meine Naturbeschreibung? Nicht so sehr? Dann eben nicht. Aber warten Sie, wir sind noch nicht fertig, ich hab' die Käfer vergessen – merkwürdig plumpe, bräunliche Käfer. Mit ausgebreiteten Flügeln summen sie durchs Dunkel, prallen an eine Wand oder ein Fenster, ziehen die Flügel ein, stürzen ab, werden still ... aber keine Angst, sie kriechen ein bisschen auf der Erde herum, kommen wieder hoch, breiten die Flügel aus, umsummen wieder das Licht, prallen an ein Fenster, stürzen ab ...(133 f.)

Was wie eine sentimentale Gartenidylle beginnt, entpuppt sich als die Tyrannei des immer Gleichen. Der Junggeselle ist ein Spötter, und er weiß genau, was er erzählt. Im Garten seiner frühen Liebe führt er das Personal seiner Lebensgeschichte zusammen. Er setzt sich in den Kreis seiner Witwen, und dass die dritte noch ein kleines Kind ist, ändert daran nichts – ebenso wie die Käfer, die immer wieder an den Fenstern abstürzen, wird auch keiner der Menschen in diesem Gruppenbild seinem Schicksal entgehen.

Scholem Alejchems Ironie ist in eine tiefe Melancholie gehüllt. Seine Witwen, heißt es gegen Ende der Novelle,

> tun nichts, ohne mich zu fragen, gefällt mir aber irgendetwas nicht, sagen sie, ich soll mich nicht einmischen. Dann platzt mir der Kragen, ich laufe nach Hause, schließe mich mit meiner Katze ein, trage dem Dienstmädchen auf, mich zu verleugnen, wenn jemand kommt, und setze mich an mein Tagebuch. Das führe ich seit sechsunddreißig Jahren, und da steht manches Interessante drin, das dürfen Sie mir glauben. Ich führ's aber nur für mich selbst, nicht für andere. Ihre Literatur wird noch lange warten müssen, bis sie so ein Buch zu sehen bekommt. (146)

Und bald darauf verabschiedet er sich von seinem Zuhörer: Die drei Witwen warten schon auf ihn.

## *Tewjes Töchter*

Während Scholem Alejchem an seinen Romanen über Tewje und Menachem Mendel arbeitet, lässt er einen Junggesellen von seiner Flucht vor der Ehe erzählen. Seit sechsunddreißig Jahren – parallel zu der Geschichte, die wir eben gehört haben – führt dieser Junggeselle auch ein Tagebuch. Begonnen hat er es etwa im Jahr 1870, es umfasst das letzte Drittel des 19. und den Beginn des 20. Jahrhunderts, also die Blütezeit der modernen jiddischen Literatur, und er zeigt es keinem: Sein Tagebuch ist der Dunkelraum dieser Literatur.

«Ihnen», sagt der Junggeselle dann in einem Nachsatz, «zeige ich's vielleicht einmal, doch keinem anderen, für nichts in der

Welt.» (146) Sein Zuhörer bleibt namenlos wie der Erzähler selbst, aber wir wissen ja, wer er ist, und Scholem Alejchem gibt uns hier einen Einblick in seine Poetologie: Das Werk des berühmtesten Humoristen der jiddischen Literatur erwächst aus dem Dunkel der Geschichte.

In *Tewje, der Milchmann* braucht man nicht lange danach zu suchen. Vergleicht man den Roman mit der Novelle, so erscheint sie wie eine verkürzte Fassung der Geschichten, die Tewje über zwanzig Jahre erzählt. Auch seinen Töchtern geschieht auf die eine oder andere Weise, was den drei Frauen im Leben des Junggesellen widerfährt: Seine Älteste hat ihren Schneider geheiratet und lebt in einer Liebesehe, schließlich aber, wie Payes Mann Pinye, erkrankt der Schneider und stirbt; die zweite Tochter verbindet sich mit einem Revolutionär, wie auch Feigele es tut, und der bleibt zwar am Leben, wird aber nach Sibirien geschickt; die dritte heiratet einen zweifelhaften Kapitalisten, der mit ihr nach Amerika flieht;[14] von der vierten, die sich umbringt, weil die vereinbarte Hochzeit nicht stattfindet, haben wir bereits gehört; die fünfte heiratet einen Russen, sie tritt zum Christentum über, und Tewje verschließt sein Herz vor ihr.

Wie das Tagebuch des Junggesellen sind auch Tewjes Geschichten eine Chronik seiner Zeit. Er hält sie aber nicht verborgen, sondern legt sie offen, und das hat seinen Preis. Der Junggeselle kann immer ironisch bleiben, denn die bitteren Gedanken, die ihm kommen, hüllt er ins Geheimnis seiner privaten Eintragungen. Tewje dagegen hält alle Verzweiflung seines Lebens in der öffentlichen Rede aus, und am Ende des Romans ist die Last, die er zu tragen hat, sehr schwer geworden.

«Geh aus deinem Vaterland …» heißt die letzte längere Geschichte, die er Scholem Alejchem erzählt. Als Gott diese Worte zu Abram sprach (1. Mose 12,1), begann die biblische Heilsgeschichte des jüdischen Volkes, doch jetzt hat sich alles verkehrt. Tewjes Frau Golda ist gestorben, seine Töchter sind tot oder verwitwet, abtrünnig oder in alle Winde verstreut, und in seinem Dorf kündigt sich schon ein Pogrom an. Er beschließt, davonzuziehen. Zeitel, die Witwe des Schneiders, lebt mit ihren Kindern wieder bei ihm, und sie werden ihn begleiten.

Doch dann geschieht etwas. Auch Chava, die abtrünnige Tochter, ist plötzlich wieder da. Tewje hat sie längst für tot erklärt und will nichts von ihr wissen, aber Zeitel wird zu ihrer Fürbitterin.

> «Was willst du», sage ich, «von meinem Leben? Sie ist nicht mehr meine Tochter! Sie ist bereits», sage ich, «vor langem gestorben!» «Nein», sagt sie, «sie ist nicht gestorben, sondern wieder deine Tochter», sagt sie, «wie ehedem, denn von der ersten Minute an», sagt sie, «als sie erfahren hat, daß man uns fortjagt, hat sie zu sich selbst gesagt, daß man damit uns alle fortjagt, auch sie, heißt das. Dort, wo wir sind – hat Chava mir selbst gesagt –, dort ist auch sie.» (*Tewje*, 307 f.)

Es ist das letzte Familienbild des Romans, und während Tewje davon erzählt, richtet er eine Frage an seinen Zuhörer:

> «Was sagt Ihr, Herr Scholem Alejchem? Ihr seid doch so ein Mann, welcher Bücher fabriziert und der Welt Ratschläge erteilt – sagt doch selbst, was Tewje tun mußte? [...], stellt Euch vor, nur so zum Beispiel, Ihr wäret an Tewjes Stelle, und sagt mir auf mein Wort, aber ganz offen, wie einem wirklichen Freund: Wie hättet *Ihr* es gehalten ...? Und wenn Ihr es mir nicht gleich sagen könnt, gebe ich Euch Zeit, darüber nachzudenken ... Und inzwischen muss man gehen – die Enkel warten schon auf mich, erwarten den Großvater. Ihr müßt wissen, daß Enkelkinder noch tausendmal teurer und dem Herzen näher als Kinder sind. (310)»

Als der Junggeselle sich von seinem Zuhörer verabschiedete, weil die Witwen schon auf ihn warteten, versteckte er sich hinter seiner Ironie. Dem alten Tewje bleibt nur noch der Schmerz – und die Hoffnung auf eine andere, bessere Zukunft.

Viertes Kapitel

# Die Kunst des Experiments Jizchok Leib Perez

Der modernste unter den drei jiddischen Klassikern ist Jizchok Leib Perez (1852–1915). Ein Grund dafür ist vielleicht, dass er seine literarische Tätigkeit ernsthaft erst in den Neunzigerjahren aufnahm, als er seine Heimatstadt schon verlassen hatte. In Zamość – einem polnischen Zentrum der *Haskalah*, wo er die Spätphase dieser Bewegung miterlebte – war er ein erfolgreicher Rechtsanwalt gewesen, und wie Mendele Moícher Sfórim und Scholem Alejchem hatte die Wirkungslosigkeit der jüdischen Aufklärung auch ihn enttäuscht. Bei ihm aber war diese Erfahrung noch traumatischer: Wegen angeblich subversiver Umtriebe wurde er 1889 denunziert, verlor seine Zulassung als Anwalt und war fortan bei der jüdischen Gemeinde in Warschau angestellt.

Dieser Bruch in seinem Leben prägt auch die Kunst des Erzählers. Im letzten Kapitel haben wir schon die Kurzgeschichte «Bontsche Schweig» kennengelernt, in der ein Mann vor das Gericht des Himmels kommt. Mit einer Frömmigkeit, wie sie in den Phantasien Benjamins des Dritten oder in der Bodenständigkeit des Milchmanns Tewje noch zu spüren ist, hat das freilich nichts mehr zu tun. Der ehemalige Rechtsanwalt Perez nimmt eine Versuchsanordnung vor: Er stellt der absoluten Gerechtigkeit des Himmels einen völlig unschuldigen, vollkommenen Menschen gegenüber – und zeigt nicht nur am bitteren Ende der Geschichte, dass solche Ideale an der Wirklichkeit unseres Lebens zerbrechen müssen.

Wie ein roter Faden ziehen sich die Begegnungen von Ideal und Wirklichkeit, von höheren und niederen Welten durch sein Werk. Das gibt es auch in der Satire des Mendele Moícher Sfórim und der

Komödie Scholem Alejchems. Ihre Welten werden durch die Augen von Erzählerfiguren sichtbar: Benjamin der Dritte glaubt mit seiner Reise einen göttlichen Auftrag zu erfüllen, und Mendele begleitet ihn als satirischer Beobachter; Tewje versucht die Pflichten des sorgenden Familienvaters zu erfüllen und nimmt mit dem Humor des Realisten wahr, wie das Leben ihm seine Striche durch die Rechnung macht.

Mendele und Tewje beschreiben eine Diskrepanz von Ideal und Wirklichkeit, die sich in ihren Erzählungen enthüllt. Perez ist radikaler. Er will die Diskrepanz weder entfalten noch seinen Lesern vor Augen führen, sie ist weder der Inhalt noch die Pointe seines Erzählens, sondern weit mehr als das. Sie ist die Voraussetzung seines Werkes, sie ist der Kern, aus dem es erwächst: Er schreibt, um diese Diskrepanz von Ideal und Wirklichkeit zu reflektieren.

> Hier, auf dieser Welt, hat sich über den Tod von Bontsche Schweig niemand groß aufgeregt. Fragen Sie doch einmal, wer Bontsche gewesen ist, wie er gelebt hat, woran er gestorben ist. Ob ihm etwas das Herz zerriss, weshalb ihm seine Kräfte ausgegangen sind, welche Last ihm das Kreuz brach … wer könnte es sagen? Vielleicht ist er auch einfach nur verhungert.[1]

So beginnt Perez die Geschichte von Bontsche Schweig: mit der Spurlosigkeit seines Lebens auf Erden. Er erzählt, wie gleichgültig die Welt ihm gegenüber war; wie der Wind das Namensschild auf seinem Grab davontrug; wie arme Leute gleich nach seinem Tod das Kellerloch besetzten, das er bewohnt hatte. Es folgt eine Leerzeile, und dann kommt die Fortsetzung: «Anders war es auf jener Welt. Dort sorgte Bontsches Tod für eine gewaltige Aufregung!»[2]

Denn Bontsche Schweig ist kein gewöhnlicher Sterblicher. Perez schildert den triumphalen Empfang, den der Himmel ihm bereitet, und an seiner Gestalt demonstriert er, worum es ihm geht. Bontsche ist der eine und einzige Mensch, der sich nie etwas zuschulden kommen ließ, und gerade ihn haben alle vergessen. In einer Exposition, die kaum zwei Seiten füllt, zeigt Perez uns, wie weit unsere irdische Wirklichkeit und das Ideal einer reinen Seele auseinanderklaffen.

Der Inhalt der Erzählung scheint die himmlische Gerichtsverhandlung zu sein, die jeder zu bestehen hat, bevor er ins Paradies kommt. Aber in Bontsches Fall ist sie nur eine Formalität. Der Ankläger hat nichts gegen ihn vorzubringen, und Perez benutzt sie, um uns im Plädoyer des Verteidigers das Leben vorzuführen, das Bontsches Tod vorausgegangen ist: die Niedertracht, mit der ihn alle gedemütigt und ausgebeutet haben, und die Unschuld seines Herzens, das keinen bösen Gedanken gegen die Peiniger aufkommen ließ.

Seine Zulassung als Rechtsanwalt verlor Perez, weil er Sozialist war, und mit der warmen Semmel, die Bontsche sich am Ende wünscht, setzt er der Erzählung ihren satirischen Schlusspunkt. Doch das Lachen des Anklägers, in dem er sie ausklingen lässt, geht tiefer. Die Verhandlung fand vor dem höchsten aller Gerichte statt, und auf das Plädoyer des Verteidigers – auf das Leben Bontsche Schweigs – hat auch der Himmel keine Antwort.

Die Diskrepanz von Ideal und Wirklichkeit, die Perez in seinem Werk reflektiert, ist zugleich die existentielle Grunderfahrung der Juden. Ihr Ideal ist der Bund, den Gott am Sinai mit ihnen geschlossen hat, ihre Wirklichkeit ist das Exil, in dem sie sich seit Jahrtausenden befinden. Um den Gegensatz auszuhalten, machen sie das Studium der heiligen Texte, in denen der Gottesbund bezeugt ist, zu ihrer Lebensform.

Seit dem 18. Jahrhundert gerät diese Lebensform in die Krise. Die europäische Aufklärung bringt ein neues Bildungsgut, das viele Juden anzieht, und bald wird die *Haskalah* zu ihrer ostjüdischen Variante.[3] Doch nicht nur sie ist eine gefährliche Konkurrenz für die talmudischen Schriftgelehrten. Sie sind immer elitär gewesen, ihre Exegese erfordert Jahre der Ausbildung, und die verarmenden

Massen, von solchem Wissen abgeschnitten, suchen nach einem anderen Halt. Um 1750 entsteht die religiöse Erweckungsbewegung des Chassidismus, deren charismatische Führergestalten – sogenannte *Zaddikím* – dem einfachen Volk eine emotionale, nicht selten ekstatische Frömmigkeit ermöglichen.

Die *Haskalah*, der Chassidismus, die Orthodoxie der Schriftgelehrten: Als die Klassiker der jiddischen Literatur ihre Werke schrieben, war das Ostjudentum längst in rivalisierende Lager zerfallen, die seine Ordnung gefährdeten. Auch bei Mendele und Scholem Alejchem ist das spürbar. Der satirische Blick des *Maskíl* richtet sich auf Benjamins verrückte Reise, und sie endet mit seiner in der Geschichte der russischen Juden nur allzu realen Zwangsrekrutierung in die zaristische Armee; bei Tewje bricht ein ganzes Spektrum der Moderne – Kommunismus und Kapitalismus, erotische Emanzipation und die Taufe – in seine Familie ein.

Anders als bei Mendele und Scholem Alejchem sind die historischen Abläufe für Perez weniger der Stoff als die poetologische Metaebene seines Werkes. In «Bontsche Schweig» wird der Zusammenbruch aller moralischen Ordnung nicht nur erzählt, sondern vor das himmlische Gericht gebracht, und in einer anderen Kurzgeschichte verschränkt Perez den chassidischen *Záddik* mit seinem talmudischen Gegner. Auch sie ist berühmt geworden und heißt «Wenn nicht noch höher».

## *Himmel und Erde*

Schon ihr erster Satz führt in die Welt des Chassidismus. «Und der Rebbe von Nemirow pflegte alljährlich um die Slicheszeit jeden Morgen zu verschwinden.» An den Bußgebeten vor dem jüdischen Neujahrsfest, den *slichót*,[4] nimmt der *Záddik* von Nemirow nie teil. Keiner weiß, wo er ist, aber für die Gemeinde seiner Chassiden ist die Sache klar:

Wo soll er sein? Selbstverständlich im Himmel! Hat denn so ein Rebbe vor den Zehn Bußtagen wenig auszurichten? Juden brauchen, unberufen, Lebensunterhalt, Frieden, Gesundheit, gute Partien für die Kinder; sie wollen gut und fromm sein, doch die Sünden sind groß […]. Und wer soll helfen, wenn nicht der Rebbe?[5]

Die Erzählung entsteht einige Jahre nach «Bontsche Schweig»,[6] und wieder begegnen sich die himmlische und die irdische Welt. Aber der Rebbe von Nemirow ist kein Bontsche, die Sündhaftigkeit der Welt nimmt er nicht passiv hin, und mit Bußgebeten begnügt er sich nicht. Aktiv greift er in den Lauf der Dinge ein und verändert ihn.

Bald tritt auch der Widersacher auf. «Einmal kommt aber in die Stadt ein Litwak. Er lacht! Ihr wißt doch, was ein Litwak ist: von Andachtsbüchern hält er gar nichts, dafür stopft er sich den Kopf mit Talmudabschnitten und Bibelstellen voll.» (139) Ein *Litwak* ist ein Jude aus dem orthodoxen Litauen, wo der Chassidismus verpönt war. Er spottet über den Aberglauben der Chassiden, beschließt jedoch heimlich, dem Rebben auf die Spur zu kommen. Er stiehlt sich in sein Haus, versteckt sich unter dem Bett, in dem der Rebbe liegt, und wartet auf die Stunde der Bußgebete.

Jemand anderer an seiner Stelle würde einschlummern und die Zeit verschlafen; doch ein Litwak weiß immer Rat: um sich wach zu halten, nimmt er im Kopfe einen ganzen Talmudabschnitt durch […]. (140)

In ironischen Vignetten setzt Perez die Gegensätze ins Bild, die er in seiner Erzählung zusammenführt. Die Stunde der Bußgebete kommt, der Synagogendiener, der die Schlafenden weckt, klopft bereits an die Fensterläden. Doch der Rebbe

war schon lange wach. Der Litwak hörte ihn schon seit einer Stunde seufzen.

> Jeder, der den Nemirower Rebben nur einmal seufzen hörte, weiß, welche Trauer um das ganze Volk Israel, welche Seelenqual in jedem seiner Seufzer steckt... Es wird einem ganz bange ums Herz, wenn man ihn seufzen hört! Ein Litwak hat aber doch ein Herz aus Eisen: er hört zu und bleibt ruhig liegen! So liegen sie beide: der Rebbe, leben soll er, auf dem Bett, der Litwak unter dem Bett. (140)

Schließlich steht der Rebbe auf. Er verrichtet das Morgengebet, holt Bauernkleider aus dem Schrank und zieht sie an, mit einem Sack und einer Axt verlässt er das Haus. Der *Lítwak* folgt ihm, in einem Wald fällt der Rebbe einen Baum, spaltet sein Holz und trägt es ins Schtetl zurück. Er klopft an eine Haustür, und die Stimme einer alten, kranken Jüdin fragt, wer dort ist.

> «Ich bin es!» antwortet der Rebbe auf kleinrussisch.
> «Wer bist du?» fragt wieder die Frauenstimme.
> «Wassil!» antwortet der Rebbe.
> «Was für ein Wassil? Und was willst du, Wassil?»
> «Ich habe Holz zu verkaufen!» sagt der angebliche Wassil. «Sehr billig, so gut wie umsonst!»
> Und ohne die Antwort abzuwarten, tritt der Rebbe ins Haus.

Die Jüdin aber hat kein Geld, sie will das Holz nicht nehmen. «Sieh», sagt er darauf zu ihr, «du bist arm und krank, und [...] ich vertraue dir, daß du es mir bezahlen wirst. Und du hast einen so großen, so starken Gott und vertraust ihm nicht...». (142 f.)

Dann macht der Rebbe sich an die Arbeit. Er holt das Holz aus dem Sack und heizt den Ofen an.

Das Motiv des *Záddik*, der sich als Bauer verkleidet und einer armen Frau hilft, hat Perez der ostjüdischen Folklore entnommen. Erfunden hat er nur den *Lítwak*, der ihn dabei beobachtet, und das wirft Licht auf seine Erzählweise. Mit dem Konflikt zwischen den Chassiden und ihren Gegnern lässt er den Volksmund vielschichtig und zugleich mehrdeutig werden. «Und du hast einen so großen, so starken Gott und vertraust ihm nicht», sagt der verkleidete Rebbe. Die Worte scheinen der armen Jüdin zu gelten – aber weiß der *Záddik* vielleicht, dass der *Lítwak* ihm nachgeht, und spricht er hier auch den Skeptiker an?

«Wenn nicht noch höher» ist, wie schon «Bontsche Schweig», durch den Schluss der Geschichte berühmt geworden. Während der Rebbe das Holz in den Ofen schiebt, verrichtet er die Bußgebete – zuerst noch gequält von der Traurigkeit der Welt, doch dann, als das Feuer schon brennt, mit wachsender Freude –, und Perez beendet die Erzählung mit einer Coda:

> Der Litwak, der das alles gesehen, wurde von nun an Nemirower Chossid.
> Und so oft später jemand erzählte, daß der Nemirower Rebbe alljährlich zur Slicheszeit jeden Morgen die Erde verlasse und in den Himmel fliege, lachte der Litwak nicht mehr, sondern fügte still hinzu: «Wenn nicht noch höher!» (143)

Den letzten Satz macht Perez zum Titel der Erzählung, und auch er ist mehrdeutig. Denn dass der *Lítwak* zum «Nemirower Chossid» wird, zum Anhänger des Rebben, heißt ja keineswegs, dass er fortan wie die anderen Chassiden an seine Himmelfahrt glaubt. Im Gegenteil: Für einen erhabenen Augenblick hat er gesehen, wie der *Záddik* Ideal und Wirklichkeit schon hier auf Erden in Einklang bringt.

Der *Lítwak* hat eine säkulare Offenbarung erfahren. Alle drei Klassiker der jiddischen Literatur – Mendele Moícher Sfórim, Scholem Alejchem und Jizchok Leib Perez – haben noch eine traditionelle Ausbildung erhalten, alle aber sind auch *Maskilím* und können den alten Glauben nicht mehr leben, ohne ihn zu hinterfragen. Perez gelingt es, das Alte und das Neue auf eine Weise zu verbinden, die diesen Glauben nicht entzaubert. Er versöhnt die Gegensätze, ohne dass der *Záddik* sein Charisma verliert oder der

*Lítwak* seinen Verstand – und dennoch ist die Geschichte, die er erzählt, nicht wirklich chassidisch, sondern ein modernes Lehrstück in chassidischem Gewand.[7]

Die Diskrepanz von Ideal und Wirklichkeit, der wir hier nachgehen, ist auch der Boden, auf dem der jiddische Witz gedeiht. Bei Perez nimmt das deutlich Gestalt an. Wie Witze laufen die beiden Geschichten, die wir bisher gelesen haben, auf ihre Pointen zu – auf Bontsches Semmel und auf das Fazit des *Lítwak*, dem menschliches Verhalten mehr bedeutet als der Himmel.

An einer Erzählung über das Eheleben, die Perez in zwei Varianten schreibt, schauen wir uns jetzt an, wie sein Witz sich entwickelt. In der ersten Variante bleibt sie noch in den Grenzen des Stereotyps, das der jiddische Humor zu diesem Thema bereitstellt; in der zweiten Variante wird sie hintergründig und tief.

## *Nach dem Gesetz*

Die erste Erzählung, eine seiner frühen Prosaarbeiten, entsteht Anfang der Neunzigerjahre. Er nennt sie «Elend», und schon dieser recht durchsichtige Titel weist auf ihre einfache Machart hin. Ein Mann blickt wehmütig auf sein Leben zurück und erzählt es in der Reihenfolge seiner Ehen. «Sender», so beginnt der Text, «war schon sechs Mal verheiratet und will nun zum siebenten Mal heiraten!»

> An sein erstes Weib kann er sich kaum erinnern. Sein Vater, Reb Pessachjo, seligen Andenkens, gab ihm eines Tages eine Uhr; dann zog man ihm einen Pelz an und setzte ihm ein Streimel[8] auf […]. Er kann sich nicht mehr erinnern, wie die Braut ausgesehen hat. Wenn er sie sich vorzustellen versucht, so sieht er ein Kleid mit silbernen Streifen, ein Stirntuch und ein Paar Ohrringe, doch kein Gesicht. Sie hat aber doch sicher auch ein Gesicht gehabt!
>
> Dafür erinnert er sich, daß zwei oder höchstens drei Wochen vor seiner Hochzeit seine Bar-Mizwa war.[9]

Zum ersten Mal wurde Sender verheiratet, als er gerade dreizehn Jahre alt geworden war. Auf der Schwelle zur Moderne war der bei den Ostjuden oft belegte Brauch der Kinderehe längst anstößig geworden, und die grotesken Bilder der Erzählung machen es deutlich: Mit Uhr und Pelzmütze geht ein Junge seiner Braut entgegen, die zwar Stirntuch und Ohrringe, aber kein Gesicht trägt.

Weniger deutlich ist, wer hier spricht. Senders Lebensgeschichte hören wir nicht von ihm selbst, sondern merkwürdig indirekt, als hätte jemand seine Worte aufgezeichnet.[10] Wie wir noch sehen werden, sind seine Erinnerungen nicht immer kohärent, doch an die traumatischen Ereignisse in seiner Kindheit erinnert er sich sehr genau. Sein Vater ist ein Belzer Chassid, sein Schwiegervater dagegen ein Kozker Chassid, er lebt nach anderen Regeln. Der Junge kommt mit ihnen nicht zurecht, im Hause seiner Frau bekommt er nichts zu essen und versucht zu fliehen.

> Man fing ihn aber wieder ein.
> «Du Goj!» schrie ihn der Schwiegervater an: «Wer entläuft, wenn sein Weib in Kindsnöten liegt?!»
> Er traute seinen Ohren nicht! Wie war das geschehen?
> Am dritten Tage starb das Weib, nebbich, im Kindbett. Es tat ihm sehr weh. Doch bevor er noch Zeit hatte, sich ordentlich auszuweinen, riß ihm sein Schwiegervater die Mütze vom Kopf, zog ihm den Kaftan aus, nahm ihm die Uhr ab und warf ihn zur Tür hinaus, so daß ihm beinahe die Zähne herausflogen. (55)

Der schwarze Humor dieser Szenen kann nicht darüber hinwegtäuschen, dass Senders Kindheit weniger komisch als tragisch ist. Bis zu seinem sechzehnten Lebensjahr lebt er wieder bei den Eltern, der Vater vernachlässigt sein Geschäft und führt einen endlosen Prozess gegen Senders ehemaligen Schwiegervater, schließlich wird er zum zweiten Mal verheiratet.

> Bevor noch die Braut erschienen war, betete er zu Gott, daß die Sache diesmal gut ablaufen möchte. […] «Herr der Welt, daß sie mir nur nicht im Kindbett stirbt! Soll sie schon lieber unfruchtbar sein!» (56)

Und dieser Wunsch – so deutet es Sender – wurde zum Fluch. Eigentlich mochte er seine zweite Frau sehr gerne, immer war sie gut gelaunt, ihre Fröhlichkeit gefiel ihm, aber sie wurde nicht schwanger, und das verdross besonders seine Eltern sehr. Sender war ihr einziges Kind, sie wollten Enkel sehen.

Da verlor auch seine Frau ihre Fröhlichkeit. Sie welkte dahin – «Kaum eine Hälfte war von ihr übrig geblieben, und diese übrig gebliebene Hälfte war, daß sich Gott erbarme: grün und gelb und eingeschrumpft» (57) –, doch auch viele Jahre später noch spricht Sender mit Rührung von ihr. «Tränen treten ihm in die alten Augen», als er sich an sie erinnert.

> «Doch was sollte ich tun?! Der Rebbe hat es beschlossen, und der Schwiegervater hat darauf bestanden (allerdings hat er die ganze Mitgift zurückgenommen!). Mein Vater kam herüber … Und wir wurden geschieden …». (58)

Der Rebbe und die beiden Väter vollstrecken das Gesetz des Paternalismus, und weder Sender noch seine Frau haben hier Entscheidungsfreiheit. Die Abläufe sind deterministisch und machen deutlich, dass der jiddische Witz, der solches Familienleben aufs Korn nimmt, eine Waffe der Notwehr ist.

Wieder ist in Senders Leben eine Wende eingetreten, und diesmal hat sie weitreichende Folgen:

> «Ich war damals gegen die dreißig: sieben- oder achtundzwanzig. Und mußte wieder zum Vater zurückkehren …»
> Die Geschäfte gingen damals schlecht, Geld hatte man nicht, und unser Sender wurde Melamed.

Ein Melamed muß aber verheiratet sein.

Sechs Jahre lang war er Melamed und drei Frauen hat er in dieser Zeit gehabt. (58)

Die Regeln des jüdischen Familienlebens in Osteuropa sind unerbittlich,[11] und im jiddischen Witz hat das Spuren hinterlassen. Da die Ereignisse zwangsläufig sind, ähneln sich auch die aus ihnen entstehenden Situationen und bringen eine Reihe wiederkehrender Figuren hervor, die zum Grundmuster dieses Witzes gehören.

Eine solche Figur ist der *Melámed.* So heißt der Lehrer, der den Kindern im sogenannten *Chejder*, einer Art Grundschule, Lesen und Schreiben sowie die Anfangsgründe der Tradition beibringt.[12] Sozial steht er auf der untersten Stufe im Schtetl, er ist sehr arm, kann seine obligate Familie kaum ernähren und wird daher zum Prügelknaben zahlreicher Witze, die im jiddischen Volksmund kursieren.[13]

In dieser Rolle tritt jetzt auch Sender auf. Während der sechs Jahre, in denen er *Melámed* ist, wird er mit drei Frauen verheiratet, die ihm freilich wenig Glück bringen. «Die eine ließ sich von ihm scheiden, und von den beiden andern ließ er sich scheiden.» Die erste

war ein ganz unglückliches Geschöpf. Man hatte ihn mit ihr angeführt: man redete ihm ein, sie sei eine Witwe, es stellte sich aber heraus, daß sie schon vier Mal geschieden war und er ihr fünfter Mann war. Eine Kleinigkeit! Man hatte ihm gesagt, sie habe nur ein Kind, sie brachte aber fünf Kinder mit! Es war noch ein Glück, daß ihr die Kinder meist starben, denn sie hatte von jedem Mann vier und vielleicht sogar fünf Kinder gehabt. (58)

Die Groteske seines Lebens, die in Senders Kindheit begann, setzt sich endlos fort, und diese erste Frau, die er als Erwachsener heiratet, mag als Beispiel für eine Wiederkehr des immer Gleichen genügen.[14] So witzig ihr Fall sich ausnimmt, zeigt er doch die Mängel der Erzählung. Die Frau, so lesen wir, wäre schon viermal verheiratet gewesen, sie hätte bereits fünf Kinder und eine Unzahl weiterer Geburten hinter sich – wie alt ist sie also?

Schaut man genauer hin, so ist auch zu fragen: Wie alt war der Bräutigam zur Zeit seiner dritten Vermählung? «Ich war damals gegen die dreißig: sieben- oder achtundzwanzig», meint Sender selbst. Bei seiner zweiten Hochzeit war er sechzehn, und haben der Rebbe und die beiden Väter elf Jahre und länger gewartet, bis die kinderlose Ehe geschieden wurde?[15]

Die vagen Altersangaben deuten auf Lücken in der Erzählung hin, die sich am Ende, wie wir noch sehen werden, als gravierend erweisen. Hier wenden wir uns einem anderen Punkt zu, der seine dritte, kinderreiche Frau betrifft. «Man hatte ihn mit ihr angeführt», heißt es über sie – und jedem, dem die Gebräuche des Ostjudentums nicht ganz fremd sind, ist bei diesem Satz bereits klar, wer ihn hereingelegt hat.

«Verflucht sei Veitel der Schadchen!» spricht Sender es deutlich aus und benennt damit den Schuldigen. Wo die Figur des *Melámed* erscheint, ist auch der *Schádchen*, der Heiratsvermittler, nicht weit. Ein *Melámed* muss verheiratet sein, und das gibt dem jiddischen Witz Gelegenheit, seinen Gegenpart auftreten zu lassen: den Vermittler, der ihn ins Unglück stürzt.

> Er hat mir ja diese Kostbarkeit angehängt. Denn sie hatte im ganzen zweihundert Rubel von den Männern, die sich von ihr hatten scheiden lassen: ein jeder von ihnen hatte sie wohl bis aufs Hemd ausgezogen! Und auch diesmal war das Geld bei einem Onkel hinterlegt, und dieser gab uns davon kaum dreizehn Prozent Zinsen. (59)

Die unerbittlichen Regeln des ostjüdischen Familienlebens sind zugleich die Gesetze eines schrumpfenden Marktes. Während die Juden Osteuropas verarmen, gehen auch die Geschäfte des *Schádchen* schlecht. Bei einer schon viermal geschiedenen Braut muss er mit ihrer kargen Mitgift wuchern, die nach der Hochzeit nicht einmal ausgezahlt wird,[16] und ähnlich geht es noch mehrmals zu.

Schließlich stirbt auch Senders sechste Frau. Schon am Tag der Hochzeit war sie schwer krank, und noch während der Trauerwoche stellt der *Schádchen* sich ein. Die Verstorbene hat Sender fünfzig Taler hinterlassen, und das bringt ihn auf eine neue Idee. «Veitel verdrehte mir wieder den Kopf mit einer Erbschaft, mit einer sicheren Erbschaft, diesmal von hundert Talern ... Er hätte mich auch sicher überredet, eine solche Gewalt hatte er schon über mich! Aber zum Glück starb er selbst.» (63)

An dieser Stelle bricht die Erzählung ab, denn der Schluss, den Perez ihr gibt, bleibt unverständlich. «Ich bin», sagt Sender,

> «schon in den Achtzigern; und doch, wenn sich gerade eine gute Partie machen würde, so hätte ich versucht, wieder zu heiraten. Heute taugt aber alles nichts! Es gibt keine richtigen Frauen mehr und auch keine richtigen Schadchonim.» (63)[17]

Senders Nostalgie, der sich nach «richtigen Frauen» und «richtigen Schadchonim» sehnt, ist nicht ohne Witz, aber wieso ist er hier «schon in den Achtzigern»? Seine Geschichte hat Perez bisher chronologisch erzählt, beim Tod der sechsten Frau kann er höchstens vierzig Jahre alt gewesen sein – und was ist in der zweiten Hälfte seines Lebens geschehen, die hier ausgespart bleibt?

Dem Sozialisten Jizchok Leib Perez lagen die gesellschaftlichen Probleme der Juden immer am Herzen, man gewinnt jedoch den Eindruck, dass «Elend» noch keine abgerundete Erzählung ist. Sie enthält Elemente einer vielleicht authentischen Lebensgeschichte, kommt aber über eine Skizze, die mit den Versatzstücken des jiddischen Volkswitzes arbeitet, kaum hinaus.

Das gelingt Perez erst beim zweiten Anlauf, als er sich den Stoff einige Jahre später noch einmal vornimmt und aus den gleichen Versatzstücken ein Kunstwerk schafft.

Der Monolog «Wenn man sagt: Verrückt, glaub!» erscheint 1895, ein Jahr nach «Bontsche Schweig». Auch ihn nimmt Perez in seine *Chassidischen Geschichten* auf, und er beginnt mit den folgenden Sätzen:

> Ihr fragt mich wegen Mojsche Josseles? Es handelt sich um eine Partie? Wen hättet Ihr denn fragen sollen, wenn nicht mich? Er war doch mein Schulfreund! Gewiß! Ich kannte sogar gut seinen Vater, den Dajen; am Ende seiner Tage war er bei uns Dajen. Natürlich war er, er möchte es mir verzeihen, ein Misnagid, hat aber einen eisernen Kopf gehabt! So einer darf Misnagid sein, denn der Mensch saß direkt beim Faßzapfen![18]

Von Anbeginn ist klar, dass hier ein *Schádchen* Auskunft über einen Heiratskandidaten einholt, dem man eine Braut anbieten könnte. Er heißt Mojsche, der Sprecher kennt ihn sehr gut, und er kannte auch seinen Vater Jossele. Von dem erzählt er zuerst, und das liegt in der Logik solcher Gespräche – der *Schádchen* will wissen, aus welcher Familie der Mann stammt, mit dem er ins Geschäft kommen will.

Der Vater war *Dájen*, Richter am Rabbinatsgericht, er gehörte zur Elite im Schtetl, der *Schádchen* kann also beruhigt sein. «Habt Ihr noch Zweifel, ob Mojsche Reb Josseles von guter Familie ist?» heißt es gleich darauf. «Durch und durch Aristokrat!» Die Sache hat allerdings einen Haken: Als *Dájen* war der Vater gesetzestreu im wahrsten Sinne des Wortes, ein orthodoxer Jude vom Schlage des *Lítwak* in «Wenn nicht noch höher». Das wird auch deutlich gesagt. «Natürlich war er, er möchte es mir verzeihen, ein Misnagid» – so hießen die Gegner der Chassiden im zeitgenössischen Sprachgebrauch[19] –, er nimmt es dem Vater indessen kaum übel.

Er bewundert ihn sogar, denn der *Dájen* hatte einen «eisernen

Kopf» und war ein großer Schriftgelehrter. «Wie er zu lernen pflegte! Ein nasses Handtuch um den Kopf gebunden (er sagte, daß ihm ohne das Handtuch der Kopf zerspringen würde), ein Bein unter dem Sitz ... Und unter seinen dichten, bösen Brauen sprühten Funken!» (24)

Anders dagegen liegen die Dinge bei seinem Sohn. «Das Herz tut mir weh», leitet der Sprecher das Thema vorsichtig ein, «ich muß aber die Wahrheit sagen: es fehlt ihm etwas im Gehirn!» (24)

> Als Junge hatte auch er einen eisernen Kopf. Am Sonntag konnte er bereits den Talmudabschnitt für die ganze Woche auswendig. Schon am Sonntag!
> Aber verrückt! Sein Benehmen, seine Manieren ... Hat auch dichte Augenbrauen und brennende Augen gehabt, wie sein Vater, er ruhe in Frieden. Doch sein Vater war vernünftig, und er ist verrückt. Als Junge hatte er die Gewohnheit, auf den Himmel zu schauen. Wenn zum Beispiel eine Wolke vorüberzog, sah er gleich einen verstorbenen Onkel in ihr, oder einen Hohepriester, einen Ziegenbock... Alles was Ihr wollt, sah er in den Wolken! [...]
> Im Winter lag er ganze Tage am Fenster und sah auf den Schnee. Brillanten, sagte er, sieht er im Schnee! Kann man denn überhaupt alles aufzählen, was er sagte? (24 f.)

Zu den Ironien dieser Mitteilungen gehört es, dass der Sprecher, der offensichtlich ein Chassid ist, das gespaltene Wesen seines Freundes gar nicht bemerkt. Einerseits ist Mojsche der Sohn seines Vaters, er hat einen «eisernen Kopf» und «brennende Augen», andererseits schaut er verträumt auf Himmel und Schnee. In seiner Seele mischen sich die Neigungen: Rationalist und Romantiker, könnte er ein Schriftgelehrter und zugleich ein Chassid sein.

Eine solche Mischung ist uns schon in «Wenn nicht noch höher» begegnet. Auch der *Litwak* ist ein Schriftgelehrter – unter dem Bett des Rebben nimmt er in seinem Kopf einen ganzen Talmudabschnitt durch, um nicht einzuschlafen –, und am Ende wird er «Nemirower Chossid», ohne jedoch in den Aberglauben der Gemeinde zu verfallen. Selbst bei Mojsches Vater deutet sich etwas Ähnliches an, wenn er mit einem nassen Handtuch um den Kopf über den Büchern sitzt. Ohne das Handtuch, so sagt er, würde ihm «der Kopf zerspringen» – benutzt er es vielleicht, um alle romantischen, unorthodoxen Gedanken, die er einmal gehabt hat, aus seinem Kopf zu verbannen?

Aus den historischen Gegensätzen im Ostjudentum formt der Erzähler Jizchok Leib Perez seine kunstvollen Synthesen, und für Expositionen braucht er dabei wenig Platz. Das haben wir schon bei «Bontsche Schweig» gesehen, und auch hier ist es so. Mojsches mehrschichtige Gestalt, auf anderthalb Seiten entstanden, wird jetzt zur hintergründigen Folie des Monologs.

> Wir heirateten beide in der gleichen Woche. Ich reiste dann zum Schwiegervater, Köst essen,[20] und er wollte Melamed werden und sah sich nach Schülern um.
> Beim Schwiegervater dachte ich natürlich nicht mehr an Mojschele. Im Städtchen gab es damals Streitigkeiten, und ich nahm an ihnen großen Anteil.
> Und dann hatte ich meine eigenen Sorgen: Ein Kind war mir, nicht auf Euch gedacht, gestorben; und mit der Frau lebte ich nicht gut. Kurz und gut – wir ließen uns scheiden, und man begann mir neue Partien, diesmal von zu Hause, vorzuschlagen. (25)

Hier taucht noch einmal das Thema auf, das in «Elend», der ersten der beiden Erzählungen, das Leitmotiv gebildet hatte: Der Sprecher[21] geht eine Reihe von Ehen ein, die alle, wie wir noch sehen werden, unglücklich verlaufen. Ein Grund dafür mag darin liegen, dass er in dem fremden Schtetl, in dem er nur ein Zugereister ist, gleich «großen Anteil» an den öffentlichen Streitigkeiten nimmt, die ihn eigentlich gar nichts angehen. Seine Familie hingegen scheint ihn weniger zu interessieren. «Ich will ihr die Kinder zurücklassen», heißt es gleich nach der Scheidung. «Sie will aber nicht.» Der Rabbiner entscheidet zu seinen Gunsten, und er ist Frau und Kinder los.

Über Mojsche, der zur gleichen Zeit geheiratet hatte, hören wir nur einen kurzen Satz: Er «wollte Melamed werden und sah sich nach Schülern um». Wie in «Elend» taucht auch hier das Motiv des Lehrers wieder auf, und es ist merkwürdig. Der begabte Sohn des *Dájen* hätte mehr werden können als ein armer *Melámed*, doch den Sprecher wundert es nicht, denn sein Freund ist ja verrückt. Nach der Scheidung kommt er wieder heim und führt ein Gespräch mit ihm.

> «Wie geht es dir?»
> «So ...» sagt er.
> «Hast du schon Kinder?»
> «Nein», sagt er.
> «Warum?»
> «Weiß ich, warum?»
> «Und was machst du dagegen?»
> «Gar nichts!»
> Wie gefällt Euch diese Antwort?
> «Warst du schon bei einem Guten Jiden?»
> «Mein Vater fuhr niemals zu Guten Jiden, also fahre ich auch nicht.» (25 f.)

Einen «Guten Juden» nannten die Chassiden ihren *Záddik*, auf dessen wunderbare Heilkräfte sie besonders bei Kinderlosigkeit vertrauten. Doch Mojsche, der Sohn eines Rationalisten, verfällt diesem Aberglauben nicht, und dem Sprecher zeigt das nur, wie verrückt er ist. Dann fügt er ein weiteres Stück der eigenen Lebensgeschichte ein.

> Inzwischen bekam ich wieder neue Sorgen: ich unterhandelte wegen einer großen Menge Partien von zu Hause, doch es kam so, daß ich wieder in die Fremde heiratete ...

> Was glaubt Ihr? Man hat mich beschwindelt! Es ist sogar eine Schande zu sagen, wie man mich beschwindelt hat. Kurz und gut – ich komme nach Hause: mein Mojschele ist schon glücklich ein Witwer. (26)

Der Sprecher – wie vorher, in «Elend», schon Sender – führt das chaotische Leben eines Mannes, der seine Ehen wie unter einem Zwang schließt und dabei ständig ins Unglück gerät. Für fromme Juden ist dieser Zwang im Fruchtbarkeitsgebot der Bibel begründet, für Perez aber wird die Einhaltung des Gebotes zum Stoff der Satire. In «Elend» bilden Senders Ehen noch das Zentrum des Textes, hier aber deutet Perez diesen Erzählstrang nur noch an und konzentriert sich auf den Freund des Sprechers.

Nach dem Ende seiner zweiten Ehe, als er wieder nach Hause kommt, ist Mojsche «schon glücklich ein Witwer». In der witzigen Formulierung verbirgt sich eine Projektion: Der *Schádchen*, so erfahren wir bald, hatte dem Sprecher eine todkranke Frau angedreht.[22] Sie hatte ihn eine Menge Geld gekostet, bevor sie endlich gestorben war, und deshalb glaubt er jetzt, auch Mojsche, wie er selbst, sei froh darüber, ein Witwer geworden zu sein.

Nicht nur seine Gefühle, sondern auch das Muster der eigenen Lebensweise projiziert er auf ihn. «Hier fängt aber eine neue Verrücktheit an: er will nicht wieder heiraten», hören wir. Schon in der Trauerwoche nach dem Tod von Mojsches Frau sucht er eine neue Ehe für ihn einzufädeln, Mojsche aber will erst einen ganzen Trauermonat, dann ein volles Trauerjahr vergehen lassen.

> Und wie auch das Jahr um ist – ich habe es kaum erwarten können – erklärt er plötzlich, daß es keine Eile hat! Wenn einer sieht, daß er ohne Frau auskommen kann, so soll er doch heiraten, meinetwegen auch ein paar Gulden Mitgift nehmen und dann das Weib verlassen und ein Porusch[23] werden!
> Nein! das will er nicht! Das darf er nicht! Er hat Zeit. Er will es sich noch überlegen! (27)

Um die Moral des Sprechers steht es nicht zum Besten, das haben wir schon gesehen. Hier schlägt er seinem Freund vor, «ein paar Gulden Mitgift» zu nehmen und seine Frau sitzen zu lassen, wenn die Ehe ihm nicht gefällt. Für Mojsche aber kommt so etwas nicht infrage. Er lebt und handelt völlig anders als der Mann, der von ihm erzählt, und was dem Sprecher als «verrückt» erscheint, ist in Wirklichkeit eine radikale Verschiedenheit der Charaktere.

Das macht es auch für uns Leser schwer, Mojsches Verhaltensweise zu entziffern. Wir sehen ihn nur durch die Augen eines Mannes, der sich zwar als sein «Freund» bezeichnet, ihn aber völlig verkennt. Warum zum Beispiel begnügt er sich trotz seiner großen Begabung mit dem Beruf eines einfachen *Melámed*? Wir müssen nach Indizien suchen, um das zu verstehen.

Nach dem Tod seiner Frau lebt Mojsche in selbstgewählter Einsamkeit – «wie ein Hund auf der Gasse», formuliert es der Sprecher –, aber über seine Arbeit als *Melámed* lesen wir das Folgende:

> Es ist doch wunderlich: wenn er die Kinder unterrichtete, war er bei der Sache, wie ein ganz anderer Mensch, nämlich ein Mensch wie alle Menschen: er redete, ereiferte sich, wiederholte mit den Kindern die Lektion – und war dabei doch verrückt! Er war so vertieft, daß er oft vergaß, einem Kind einen Klaps zu geben; seinen Stock hatte er schon längst verloren; und die Kinder hatten es in seinem Cheder wirklich wie im Paradiese.
> Man hätte ihm den Cheder aufgelöst, aber er unterrichtete so gut, und die Kinder wußten bei ihm alles ganz ohne Püffe und Schläge! (28)

Im jiddischen Kollektivgedächtnis gilt der *Melámed* als streng und gefürchtet, der Stock gehört zu seinen Unterrichtsmethoden. Mojsche aber hat den seinen «längst verloren». Er ist ein begnadeter Lehrer, in seinem *Chejder* haben es die Kinder «wie im Paradiese», und sie lieben ihn: In den Jahren seiner Einsamkeit kümmern sie sich um ihn und sorgen dafür, dass er nicht verkommt.

Über Mojsches Ehe wissen wir nichts, wir hören nur, dass seine Frau nicht schwanger wurde und schließlich gestorben ist. Haben ihm die Kinder gefehlt, ist es vielleicht so, dass er die Schüler in seinem *Chejder* an ihrer Stelle angenommen hat, dass er ihnen die Liebe gab, die er Söhnen und Töchtern nicht schenken konnte?

Darüber kann der Sprecher uns nichts sagen, weil es ihm selbst völlig fremd ist. Auch er ist gerade wieder Witwer geworden, vor Kurzem ist ihm die dritte Frau gestorben, und das hört sich so an:

> Doch ich bin, Gottlob, kein Schlemiel und heiratete zum dritten Male; nämlich die Frau, die mir erst vor einem halben Jahr – nicht auf Euch gedacht und auf keinen Juden gedacht – gestorben ist. Sie war eine tüchtige Frau, für meine Schenke wie geschaffen, und hat auch keine Kinder gekriegt. (29)

Für den Sprecher wie für den *Schádchen* des jiddischen Witzes ist die Ehe eine Frage der Ökonomie. Von ihm werden wir kaum erfahren, wie Mojsche seine eigene Ehe empfunden hat, doch einmal sagt er etwas Merkwürdiges:

> Er fängt zu essen an und weint dabei. «Was weint Ihr, Rebbe?» fragen ihn die Kinder erschrocken, doch er antwortet nicht. Er kehrt das Gesicht zur Wand, und die Kinder hören, wie er weint. Manchmal geht er zum Kleiderschrank, der ihm noch vom Haushalt geblieben ist, macht ihn auf, stellt sich hin und starrt hinein; gleich als ob er ein reicher Mann wäre und sich überlegte, welchen Kaftan er heute anziehen soll: den atlassenen oder den seidenen, den gesteppten oder den nicht gesteppten. Und ich schwöre Euch: im Schrank hing gar nichts außer einigen Kleidern, die ihm von der Frau geblieben waren und die kein Mensch ihm abkaufen wollte. (29)

Der Witz dieser Szene ist tief. Hinter der Dummheit des Sprechers scheinen Gefühle auf, die ihm unvorstellbar bleiben müssen, und bald darauf leitet er eine Intrige ein. Unter dem Vorwand, ein *Melámed* müsse verheiratet sein, veranlasst er die Auflösung des *Chejders* und nimmt Mojsche seine Schüler, zwingt ihm eine Ehe auf.

«Es trifft sich gerade eine ausgezeichnete Partie», erzählt er. «Stellt Euch nur vor: eine steinreiche Witwe, eine Geldverleiherin – eine wahre Schmalzgrube!» (30 f.) Seitenlang lobt er diese Witwe, aber es hilft nichts: Plötzlich, kaum einen Monat nach der Hochzeit, ist Mojsche verschwunden. Überall sucht man nach ihm, und er ist nirgends zu finden. Die Witwe droht zur *Agúne* zu werden, die Rabbiner beraten schon, was sich für sie machen lässt, da löst sich das Rätsel von selbst. Ein Sendbote bringt den Scheidebrief, mit dem Mojsche der Witwe ihre Freiheit zurückgibt, und mehr als das:

> Mit dem Scheidebrief schickte er ihr einen Schuldschein über zweihundert Gulden für ihre Auslagen. Er will, schreibt er, jede Woche einen Gulden zahlen und haftet dafür mit allen seinen Einkünften. Und den Gulden für die erste Woche schickt er gleich mit! (34)

Hier sehen wir noch einmal, warum Mojsche in den Augen des Sprechers verrückt ist. Zu den Ironien der Erzählung gehört es, dass der *Schádchen* einen Mann befragt, der ihm nichts über ihn sagen kann. Mojsche ist nicht nur rational und fährt zu keinem *Záddik*, wenn seine Frau nicht schwanger wird, dieser Sohn eines Richters lebt auch nach den Regeln einer Aufrichtigkeit, die in der Welt des Sprechers längst verloren gegangen ist.

Eines Tages taucht er wieder auf. Er hatte sich in einem Nachbardorf versteckt, und der Sprecher wundert sich über seine Rückkehr.

> «Narr!» sage ich ihm. «Warum bist du zurückgekommen? Hast du nicht [im Nachbardorf] bleiben und die dortigen Kinder unterrichten können?»

«Ich habe Sehnsucht gehabt!» sagt er.[24]

«Wonach?»

«Nach dem hiesigen Friedhof!» sagt er. Und er sagt es so ernst, daß es mich kalt überläuft! Habt Ihr einmal gehört, daß ein Mensch nach einem Friedhof Sehnsucht hat? Er sehnt sich! Und er pflegt ja immer die Wahrheit zu sagen.

Jeden Abend nach dem Beten geht er vor die Stadt und streift in der Nähe des Friedhofes herum. Er ist ein Kojhen und darf den Friedhof nicht betreten, darum bleibt er draußen und sieht über die Mauer auf die Grabsteine! (34)

Das Religionsgesetz verbietet Juden aus dem Priestergeschlecht der *Kohaním*, den Nachkommen von Moses' Bruder Aharon, den Zugang zu Friedhöfen. Was Mojsche täglich an der Friedhofsmauer macht, weiß der Sprecher nicht zu sagen. Vielleicht, so vermutet er aber, betreibt er dort schwarze Magie.

Perez malt die Untergangsbilder einer Kultur, und der Sprecher – selbst ein Phänomen ihres Verfalls – kann sie nicht deuten.

Fünftes Kapitel

# Wie klingt ein jiddischer Witz auf Deutsch? Zwischen Sigmund Freud und Salcia Landmann

Die Klassiker der jiddischen Literatur schufen ihre Werke noch vor dem Ersten Weltkrieg. Sie beschrieben eine Gesellschaft am Rande des Abgrunds, aber auch Mendele Moícher Sfórim, Schalom Alejchem und Jizchok Leib Perez ahnten das Ausmaß der Katastrophe noch nicht, in der diese Gesellschaft schließlich untergehen würde. Keiner der drei Autoren erlebte das Ende des großen Krieges, in dem sich die Krise Europas zum ersten Mal entlud und bald darauf nicht nur die Jiddisch sprechenden Ostjuden, sondern auch die Deutsch sprechenden Westjuden vernichtete.

In der Spannung zwischen diesen beiden Sprachen zeigt sich ein Aspekt der Tragik, die der Geschichte des deutschen Judentums anhaftet. Wir haben schon gesehen, dass das Jiddische ursprünglich an den Ufern des Rheins aus dem Mittelhochdeutschen entstanden ist und die Juden auf ihrer Flucht in den Osten begleitete. Losgelöst von seinem deutschen Mutterboden und angereichert durch die Sprachen seiner neuen Umgebung, ging es dort andere Wege.[1] Das Jiddische entfernte sich vom Deutschen, doch die Verwandtschaft ist auch heute noch unverkennbar, und als die Juden seit dem 18. Jahrhundert wieder in den deutschen Kulturraum zurückkehrten, belastete gerade diese Nähe das Verhältnis der beiden Sprachen.

Nicht nur die Deutschen standen dem Jiddischen abschätzig gegenüber, auch die Juden selbst suchten sich ihres linguistischen Erbes zu entledigen, als sie über die deutsche Kultur in die Moderne eintraten. Schon Moses Mendelssohn führte einen zweifachen Kampf gegen das Jiddische. Als Philosoph der deutschen Aufklärung legte er den Juden Berlins das Deutsche ans Herz; als Vordenker der jüdischen Aufklärung, der *Haskalah*, hielt er die Juden im Osten dazu an, das Hebräische zu pflegen. Damit waren die Fronten gezogen: Zwischen dem Deutschen und dem Hebräischen musste sich das Jiddische einen mühsamen Weg bahnen und hatte auch in seiner literarischen Blütezeit, von 1860 bis zum Ersten Weltkrieg, einen schweren Stand.

Hier wollen wir die prekäre Aufnahme des Jiddischen im deutschen Sprachraum ein Stück weit verfolgen. Im Jahrhundert nach Mendelssohn war sie fast ausschließlich negativ, und der amerikanische Germanist Jeffrey A. Grossman hat das überzeugend herausgearbeitet.[2] Er zeigt, wie sich Deutschland nach 1780 als Kulturnation definierte und das Jiddische als «unreine» Sprache ausgrenzte. Auch die deutsch akkulturierten Juden verinnerlichten dieses Vorurteil, weil sie damit ihrer Emanzipation zu dienen glaubten. Die Missionare der Heiligen Allianz bemächtigten sich des Jiddischen, um die Juden zu bekehren. Auf deutschen Bühnen und in der Literatur des bürgerlichen Realismus wurde es als Waffe gegen die Juden verwendet, und in den Gründerjahren des Bismarckreiches verkam es schließlich zum Schibboleth der Stigmatisierung.

Verlängert man diese Linie ins 20. Jahrhundert, so steht sie unweigerlich im Schatten der Schoah. Der deutsche Antisemitismus wird zum völkermordenden Judenhass, und den größten Teil seiner Opfer findet er unter den Sprechern des Jiddischen. Unter diesen Umständen scheint es müßig, noch weiterhin nach dem Verhältnis der beiden Sprachen zu fragen, aber es soll gezeigt werden, dass die Frage nicht nur relevant bleibt, sondern sowohl vor als auch nach der Schoah vielschichtige Antworten erfordert.

Hier schauen wir uns an, wie der jiddische Witz für deutsche Leser im 20. Jahrhundert aufbereitet wurde. Dabei beschränke ich mich im Wesentlichen auf zwei Autoren, die selber Juden waren und deutsch schrieben. An den Beispielen von Sigmund Freud (1905) und Salcia Landmann (1960) gehe ich der Frage nach, was mit diesem Witz geschieht, wenn er ins Deutsche übertragen wird.

Dem jiddischen Witz, der seinen Ursprung in Osteuropa hat, steht der sogenannte «Judenwitz» gegenüber. Der eine bringt die heute längst untergegangene Welt des Schtetls im O-Ton zu Gehör, er ist selbstkritisch und zeigt ihre Menschen wie in einem Hohlspiegel; der andere wird in einem verballhornten Deutsch erzählt, das sich als «Jiddisch» ausgibt, er ist aggressiv und will die in ihm auftretenden Juden diffamieren. In einer Sammlung mit dem Titel *190 gepfefferte jüdische Witze und Anekdoten*, die um die Jahrhundertwende erschienen ist,[3] liest sich das so:

> Miskele Feichtnos: Dü, der Dovid Veilchensaft hot e Haupttreffer gemacht, er is vun lauter Glück ganz meschüge. Lebele Saftgrün: Nü, zohlt er seine Schüld'n? Feichtnos: So meschüge is er nichs.[4]

Die Namen wollen nicht nur komisch sein, sie sollen auch herabsetzen und lassen erkennen, dass das kein jüdischer Witz ist, wie der Titel des Pamphlets es verspricht, sondern ein Judenwitz, eine judenfeindliche Karikatur, die mit dem antisemitischen Vorurteil der Leser rechnet. Feichtnos ist körperlich unsauber, und unsauber ist auch Dovid Veilchensaft – ein fragwürdiger Geschäftemacher, der nicht daran denkt, seine Schulden zu bezahlen.

Seinen Effekt der Gehässigkeit erzielt der Text durch die Mittel der sprachlichen Ausgrenzung.[5] Unsauber sind nicht nur die Protagonisten des Witzes, unsauber ist auch die Sprache, die sie verwenden. Was hier als «Jiddisch» daherkommt, ist gar kein Jiddisch, sondern genau das, was den Sprechern unterstellt wird – ein unreines, verdorbenes Deutsch.[6]

Der Judenwitz ist das Symptom einer eigentümlichen Dialektik. In der Einleitung zu einem kürzlich erschienenen Sammelband mit neueren Beiträgen zur Erforschung des jüdischen Witzes machen die Herausgeber darauf aufmerksam, dass die Bezeichnung zuerst eine andere Bedeutung hatte. «Die Vokabel», so schreiben sie, «die im *Deutschen Wörterbuch* der Brüder Grimm als ‹stachlichter, bissiger witz, wie er vorzüglich den juden eigen› sei, definiert wird, hat sich im Verlauf des 19. Jahrhunderts erstaunlich rasch etabliert, und das von Beginn an im Range einer Schmähvokabel mit mehr oder minder stark antisemitischer Prägung.»[7] Sie findet sich schon früh «im Umfeld der Politischen Romantik», richtet sich gegen die ‹Judenwitzlinge› der Berliner Salons und findet ihr polemisches Ziel bald in Heinrich Heine und Ludwig Börne, deren Schreibweisen «als verneinende, negative Formen des Komischen aufgefasst und gegen den positiv gerichteten Humor ‹rein deutscher› Autoren ausgespielt werden».[8]

Ursprünglich war der «Judenwitz» also ein politisches Schlagwort im Vormärz. Es wurde mit den Schreibweisen von Heine und Börne assoziiert, die den Reaktionären der Heiligen Allianz verhasst waren, galt als Synonym für die Bissigkeit ihres polemischen Stils, und erst in einem zweiten Schritt kehrte seine Bedeutung sich später um, verwandelte die Juden von den Subjekten dieses Witzes in seine Objekte. Jetzt waren es die Juden selbst, die von der Aggression deutscher Witzerzähler aufs Korn genommen wurden.

Es ist ein Vorgang, der sich in der Geschichte des Antisemitismus oft beobachten lässt. Der Antisemit fühlt sich von den Juden bedroht, und die Aggression, die er gegen sie entwickelt, gibt er vor sich selbst als Notwehr aus. Strukturell ist diese Projektion, die unter Hitler ihren grauenhaften Höhepunkt finden wird, im Bedeutungswandel des Wortes «Judenwitz» bereits angelegt, und auch in Sigmund Freuds Studie *Der Witz und seine Beziehung zum Unbewußten* ist sie wirksam.

Das Buch erschien 1905[9] und gehört zu den frühen Werken der Psychoanalyse. Freud legt in ihm eine Theorie zur Technik und Arbeitsweise des Witzes vor, die in der Humorforschung sehr einflussreich geworden ist. Hier aber interessiert uns zunächst der Umstand, dass viele der von ihm untersuchten Witze jiddischen Ursprungs sind. Mit diesem Thema hatte er sich bereits seit Längerem beschäftigt, und schon in einem Brief vom 22. Juni 1897 schreibt er an Wilhelm Fließ: «Ich will gestehen, daß ich in letzter Zeit eine Sammlung tiefsinniger jüdischer Geschichten angelegt habe.»[10]

Freud empfindet diese Mitteilung als ein Geständnis, und sie scheint ihm peinlich zu sein. Auch Fließ, ein Arzt in Berlin, ist Jude, doch beide haben sich längst von der jüdischen Tradition entfernt. Seiner Frau Martha, Enkelin eines Rabbiners, verbot Freud jedes religiöse Ritual, und es ist nicht leicht für ihn, sich noch einmal seiner Vergangenheit zuzuwenden.

Wie viele Wiener Juden war Freuds Familie aus dem östlichen Teil der Habsburgermonarchie in die Metropole gekommen. Sein Vater stammte aus Galizien und gehörte als Anhänger der *Haskalah* bereits einem freigeistigen Ostjudentum an, er sprach jedoch noch Jiddisch, und nicht zufällig legt Freud seine Sammlung bald nach dem Tod des Vaters an. Viele der «jüdischen Geschichten» wird er von ihm gehört haben, und dass er sie sammelt, erfüllt ihn mit einem Gefühl, das für die Psychoanalyse von zentraler Bedeutung ist – das Gefühl der Ambivalenz.

Dem Geständnis im Brief an Fließ fügt er wie zur Entschuldigung hinzu, dass die Geschichten «tiefsinnig» seien. Diesen Zusatz braucht er, um sein Interesse an ihnen rechtfertigen zu können, denn seine Aversion gegen das Jiddische, den «Jargon», kann er kaum überwinden. Auch er hat die Vorurteile des deutschen Judentums verinnerlicht, und in seinem Buch über den Witz kommt das deutlich zum Ausdruck. Im zweiten Kapitel, «Die Technik des Witzes», führt er einen der «Badewitze» an, die die

> Badescheu der Juden in Galizien behandeln. Wir verlangen nämlich keinen Adelsbrief von unseren Beispielen, wir fragen nicht nach ihrer Herkunft, sondern nur nach ihrer Tüchtigkeit, ob sie uns zum Lachen zu bringen vermögen und ob sie unseres theoretischen Interesses würdig sind. Beiden diesen Anforderungen entsprechen aber gerade die Judenwitze am besten. (49)

Freud selbst sagt hier «Judenwitz» und nicht «jüdischer Witz». Die Aggression des Kalauers, den er nun erzählt, ist ihm voll bewusst, und den verächtlichen Ostjuden, die hier zu Worte kommen, will er keineswegs einen «Adelsbrief» ausstellen.

> Zwei Juden treffen in der Nähe des Badehauses zusammen. – «Hast du genommen ein Bad?» fragt der eine. – «Wieso?» fragt der andere dagegen, «fehlt eins?» (49)

Die Juden sind unrein, und sie sind Diebe: An seinen Pointen erkennt man den Judenwitz. Schon eine einfache Beobachtung zeigt, dass er nicht im jiddischen, sondern im deutschen Sprachraum erfunden wurde, denn im Jiddischen gibt es den Ausdruck «ein Bad nehmen» nicht.[11] Die syntaktische Inversion «Hast du genommen ein Bad?» ist wie bei allen Judenwitzen nur eine sprachliche Täuschung, nur schlechtes Deutsch.

Das hindert Freud freilich nicht daran, den Witz zu goutieren. «Wenn man über einen Witz recht herzlich lacht», schreibt er gleich darauf über ihn, «ist man nicht gerade in der geeignetsten Disposition, um seiner Technik nachzuforschen.»[12] Im Wien Karl Luegers, dessen Antisemitismus er täglich zu spüren bekam, hätte er über diesen Witz vielleicht weniger herzlich lachen sollen und statt seiner Technik besser der Frage nachgeforscht, was ihn an ihm so erheiterte.[13]

Prominent in seinem Buch sind die sogenannten Schnorrer-Witze, in denen sich die Armen und die Reichen des Schtetls begegnen. «Der Schnorrer», so lautet einer dieser Witze bei Freud,

> der alle Sonntage in demselben Haus als Gast zugelassen wird, erscheint eines Tages in Begleitung eines unbekannten jungen Mannes, der Miene macht, sich mit zu Tische zu setzen. Wer ist das? fragt der Hausherr und erhält die Antwort: Das ist mein Schwiegersohn seit voriger Woche; ich hab' ihm die Kost versprochen das erste Jahr.[14]

Zuerst wurde dieser Witz wirklich auf Jiddisch erzählt, aber schon die «Sonntage» zeigen an, dass Freud ihn für seine deutschen Leser verändert hat. Die Armen werden am Sabbat bewirtet, und davon wird gleich die Rede sein, aber zuvor werfen wir einen Blick auf den Kommentar, den Freud dem Witz folgen lässt:

> Man wird hier aufgefordert, über die Frechheit des Anspruchs zu lachen, aber [...] die Wahrheit dahinter ist, daß der Schnorrer, der das [Haus] des Reichen wie [sein] eigenes behandelt, nach den heiligen Vorschriften der Juden wirklich fast das Recht zu dieser Verwechslung hat. Natürlich richtet sich die Auflehnung, die diesen Witz geschaffen hat, gegen das selbst den Frommen schwer bedrückende Gesetz. (107)

Der erste Teil dieses Kommentars hat manches für sich: Die Sorgepflicht der Reichen für die Armen, die *Zedakáh*, war wie alle Lebensregeln in der traditionellen Welt des Schtetls religiös verankert, und der Arme hatte in der Tat ein Recht auf die Bewirtung. Problematischer ist der zweite Teil des Kommentars: Für Freud erwächst die psychische Energie des Witzes aus dem Widerstand gegen das religiöse Gebot, das – so muss man hier folgern – den Reichen bedrückt. Wir haben es offensichtlich mit einer Projektion des Atheisten Sigmund Freud zu tun, der sich gegen jedes religiöse Gebot auflehnte; und niemand wusste besser als er, dass Projektionen eine schwache Erkenntnisgrundlage sind.

## *«An ejdim af kesst»*

Wie dieser Witz auf Jiddisch erzählt wurde, ist in der schon zitierten Sammlung *Rosinkess mit Mandlen* nachzulesen, die Immanuel Olsvanger nach dem Ersten Weltkrieg vorgelegt hat. Hier wird er zunächst im vollständigen Wortlaut zitiert:

> *«An ejdim* (Schwiegersohn) *af kesst»*
> *Ejnmol frajtig zu nachts noch'n dawenen* (Beten) *hot a id, wen er is arauss fun schul* (Synagoge) *ahéjm, genumen zu sich an êjrach* (Gast) *af schabess. Der êjrach is gewen an alter id mit a grauer bord. Gejt der êjrach noch'n iden un der id set, wi noch dem êjrach schlept sach noch a jungermàn. Mejle gornit. Sej gejen arajn in di schtub, der junger man gejt êjch arajn. Mejle, gejt er arajn: schabess wet men doch a iden nit arausswarfen fun schtub. Sej nemen essen, der junger man sezt sach êjch awek, gejt sach waschen un nemt êjch essen. Der êjrach hot gemacht kidesch* (Lobspruch über den Wein am Sabbatabend), *der junger man êjch. Nu mejle, der balaboss hot gesen, ess sizt zum essen noch a mentsch, wet er im doch nit sogen kejn wort. Sej hoben opgegessen, opgebentscht* (Schlussgebet gesprochen). *Darnoch as sej hoben gewelt awekgejn, fregt der id dem êjrach: «Sogt mir nor, wer is der jungermàn?» Sogt der id: «Der? ss'is majn ejdim, er sizt ba mir af kesst.»*[15]

Die hier in Klammern gesetzten Übersetzungen einiger Wörter finden sich auch bei Olsvanger, sie stehen als Fußnoten am unteren Rand der Seite. Dort wird auch «*af kesst*» (auf Kost[16]) erklärt – der Brauch, dem wir schon bei Jizchok Leib Perez begegnet sind –, denn Olsvanger kann nicht davon ausgehen, dass die deutschen Leser seiner Sammlung die Gepflogenheiten im Schtetl kennen.

Auf eine deutsche Übersetzung dieses Textes, die einige Jahre später erschienen ist, gehen wir später noch ein. Zunächst aber wenden wir uns seinem jiddischen O-Ton zu. Schon im ersten Satz unterscheidet er sich von der Form, die Sigmund Freud ihm in seiner deutschen Fassung gegeben hat:

*Ejnmol fraitig zu nachts noch'n dawenen hot a id, wen er is arauss fun schul ahéjm, genumen zu sich an êjrach af schabess.*

(An einem Freitagabend nach dem Gottesdienst nahm ein Mann, als er das Bethaus verließ, auf seinem Heimweg einen Sabbatgast mit sich.)

Zeit und Ort seiner Handlung sind zugleich die Determinanten des Witzes. Er spielt nicht am Sonntag wie bei Freud und auch nicht am Samstag, denn der Sabbat beginnt am Freitagabend. Die Handlung dieses Witzes ist eine heilige Handlung: Sie beginnt im Bethaus; und sie endet am Tisch, an den sich die beiden Gäste – der geladene und der ungeladene –, bald setzen werden, um die *kabalát schabát* zu feiern, den Empfang des heiligen Sabbat.[17]

Der Hausherr nimmt den Gast mit sich, weil er ihn *nicht* kennt. Er hat ihn im Bethaus noch nie gesehen, denn er ist ein Fremder im Schtetl, der hier keinen eigenen Tisch hat, und daher ist es die Pflicht des Hausherrn, ihn einzuladen, an der heiligen Handlung zu partizipieren. Ebenso wenig kennt er deshalb auch den jungen Mann, der sie auf dem Heimweg begleitet: Das ist die innere Logik des Witzes, die bei Freud völlig verloren geht. Denn käme der Gast, wie Freud es erzählt, jeden Sonntag zu Tisch, dann wüsste sein Gönner doch, dass er in der vergangenen Woche seine Tochter verheiratet hat.

Freud unterläuft noch eine zweite Ungenauigkeit. Er liest den Text als einen Schnorrer-Witz, aber solange die drei Männer das Haus noch nicht betreten haben, ist er das gar nicht. Anders als Freuds ständiger Sonntagsgast ist der Fremde, der hier aus dem Bethaus mitgenommen wird, zunächst kein Schnorrer, sondern ein «Sabbatgast», und die Heiligkeit der Gastgeberpflicht findet ihren Ausdruck in dem Wort, das die Juden dafür verwenden: *êjrach af schabess* ist Hebräisch in jiddischer Aussprache, *oréach schel schabát*, weil alle mit heiligen Handlungen verbundenen Begriffe in der Sprache des Gebetbuches benannt werden.

Erstaunt nimmt der Gastgeber wahr, dass auch der junge Mann, der ihnen auf der Straße gefolgt ist, ins Haus tritt, und an dieser Stelle heißt es:

*Mejle, gejt er arajn: schabess wet men doch a iden nit arausswarfen fun schtub.*

(Na meinetwegen, soll er reinkommen: am Sabbat wird man doch einen Juden nicht aus dem Haus werfen.)

Anders als bei Freud, wo sich alles in plumper Rede und Gegenrede abspielt, wird der jiddische Witz hier hintergründig. Es ist die Perspektive des Hausherrn, die in diesen Worten zum Ausdruck kommt, aber er spricht sie nicht aus. Schweigend beobachtet er den Vorgang, und was wir hier «hören», ist seine erlebte Rede, sein stummes Selbstgespräch, in dem er sich das Sabbatgebot ins Gedächtnis ruft.

Dann setzen sie sich zu Tisch.

*Der êjrach hot gemacht kidesch, der junger man êjch.*

(Der Gast sprach den Segensspruch über den Wein, der junge Mann ebenfalls.)

*Sej hoben opgegessen, opgebentscht.*

(Sie beendeten die Mahlzeit und sprachen das letzte Gebet.)

Das Ritual des Sabbateingangs ist abgeschlossen, und erst jetzt – nicht wie bei Sigmund Freud schon vor der Mahlzeit, sondern erst danach, erst als die heilige Handlung vollzogen ist – kann der Witz seine Pointe erreichen. Die Gäste wollen schon gehen, da fragt der Hausherr:

«*Sogt mir nor, wer is der jungermàn?*» *Sogt der id:* «*Der? ss'is majn ejdim, er sizt ba mir af kesst.*»

(«Sagen Sie mir doch, wer ist der junge Mann?» Sagt der Jude: «Der? Das ist mein Schwiegersohn, er sitzt bei mir auf Kost.»)

Erst hier, in seiner Pointe, verwandelt sich der Text in einen Schnorrer-Witz.[18] Der Mann aus dem Bethaus, bisher ein undefinierter Fremder, dem die Juden im Schtetl das Gastrecht schulden, entpuppt sich als einer der zahlreichen Bettler in der verarmten Gesellschaft des Ostjudentums. Sie wandern von Ort zu Ort, um ihr karges Leben zu fristen,[19] und während man über die Pointe lacht, offenbart sie zugleich ihre Tragik.

Warum sitzt der junge Mann bei dem Schnorrer «auf Kost», was hat es mit der Verpflichtung des Schwiegervaters auf sich, eine vertraglich festgelegte Zeit lang für den Mann seiner Tochter zu sorgen? Auch diese Verpflichtung – wie das Sabbatmahl, dessen Zeugen wir werden – ist tief in der religiösen Welt des Ostjudentums verwurzelt. Die Tochter soll schnell unter die Haube kommen, um Kinder zu gebären, der Mann aber soll seine Ausbildung in der Talmudschule, der *Jeschiwa*, beenden, und als Teil der Mitgift übernehmen die Eltern der Braut die Sorge für das junge Paar.

In der Welt dieses Witzes würde niemand auf den Gedanken kommen, an den Gesetzen der Tradition zu rütteln.[20] Doch die Zeiten haben sich geändert, der Schwiegervater ist verarmt, und es bleibt ihm nichts anderes übrig, als den Schwiegersohn auf seine Wanderungen mitzunehmen. Anders als Freud es suggeriert, gewinnt der Witz seine psychische Energie nicht aus dem Widerstand gegen eine religiös sanktionierte Ordnung, sondern aus der Not, die den Armen dazu zwingt, auch dem Mann seiner Tochter einen Platz am Tisch des Reichen zu verschaffen.[21]

Einige Jahre später, 1928, erschien eine deutsche Fassung dieses Textes. Der Wiener Löwit-Verlag brachte eine deutsche Auswahl jiddischer Schwänke heraus, die sich weitgehend auf Olsvangers Sammlung stützte, und der Witz vom ungebetenen Sabbatgast wird dort folgendermaßen wiedergegeben:

*«In Kost»*
*Ein Jude nimmt, wie es Sitte ist, an einem Freitag abend einen Armen aus der Schul* als Sabbatgast nach Hause. Der Sabbatgast, ein alter Jude mit grauem Bart, folgt seinem Gastgeber; der bemerkt aber, daß*

*ein junger Mann dem Alten nachgeht. Sie kommen zum Hause des Gastgebers und der Alte tritt ein, der Junge nach ihm. Der Hausherr schweigt; er will doch am Sabbat keinem Juden die Tür weisen. Man setzt sich zum Essen – auch der junge Mann nimmt Platz, wäscht sich die Hände und beginnt, ebenfalls zu essen. Der Gast sagt Kiddusch**, der junge Mann ebenfalls. Der Gastgeber sagt kein Wort. Das Essen ist vorüber, das Tischgebet gesprochen, der Alte und der Junge wollen gehen. Da fragt der Hausherr den Gast: «Wer ist der junge Mann?» – «Der? Das ist mein Schwiegersohn; er ist bei mir in Kost!»*
**Synagoge*
***Segensspruch über den Wein am Sabbat.*[22]

Die Wiedergabe ist eine kompetente, nicht nur wortgetreue, sondern weitgehend auch sinngetreue Eindeutschung des jiddischen Originals aus Olsvangers *Rosinkess mit Mandlen.* Die Übersetzer, Max Präger und Siegfried Schmitz, sind mit der Materie bestens vertraut,[23] sie sind sich aber bewusst, dass die hier beschriebene Welt den deutschen Lesern fremd ist, selbst wenn sie Juden sind.

Denn für deutsche Juden gehört das Leben im Schtetl der lange verdrängten Vergangenheit an. Erst eine tiefe Identitätskrise seit der Jahrhundertwende und die Katastrophe des Ersten Weltkriegs haben ihr deutsch-jüdisches Selbstbewusstsein erschüttert und bei manchen von ihnen ein neues Interesse für das Ostjudentum erweckt.[24] Ihm verdanken sich auch Bücher wie diese Übersetzung jiddischer Schwänke, doch an gewissen Stellen muss sie dem Erfahrungshorizont des Zielpublikums angepasst werden.

Ihr erster Satz weist daher einige Zusätze auf. «[W]ie es Sitte ist», sagen die Übersetzer vom Brauch des Sabbatgastes, denn was dem Ostjuden noch selbstverständlich ist, muss hier bereits erklärt werden. Und das Wort «Schul» lassen sie zwar stehen, in einer Anmerkung aber schreiben sie «Synagoge», obwohl die *schul* – das ostjüdische Bethaus, und zugleich das gesellschaftliche Zentrum – im Schtetl ganz anders verortet ist als die Synagoge im Alltag des deutschen Juden.[25]

Das sind erklärende Zusätze, die den Text verständlicher machen sollen. Die Übersetzer fügen ihm jedoch noch ein weiteres Wort ein, das sich in Olsvangers jiddischem Original nicht findet und es in einer gewissen Weise verändert. Der Sabbatgast, so schreiben sie, sei ein ‹Armer›, denn auch sie, wie schon Freud, lesen den Text von Anbeginn als einen Schnorrer-Witz. «Zur äußeren Charakteristik des jüdischen Witzes sind die eigenartigen sozialen und wirtschaftlichen Verhältnisse der jüdischen Masse im Osten heranzuziehen», schreibt Siegfried Schmitz in seinem Nachwort zu der Sammlung. Daher gebe es «im jüdischen Volkswitz unendlich viel Schnorrergeschichten [...], weil eben die große wirtschaftliche Not unendlich viel Varietäten des Bettels hervorgebracht hat und weil in der jüdischen Anschauung die Pflicht, den Armen zu beschenken, eine große Rolle spielt.»[26]

Die Übersetzer lesen den Text mit einem soziologischen Blick, und das ist der Blick von außen. Automatisch nimmt er die Unterscheidung zwischen ‹arm› und ‹reich› wahr und teilt die Protagonisten des Textes entsprechend ein, im jiddischen Original aber ist es nicht so. Dort sind der Hausherr und der Sabbatgast zunächst beide *«iden»*: ganz gewöhnliche Juden, die sozial gleichwertig erscheinen und es im Licht des Sabbat auch tatsächlich sind.

Deshalb kommt der Hausherr hier durcheinander. Den jungen Mann im Gefolge seines Gastes kann er nicht einordnen, und ein großer Teil des Witzes erwächst aus der erlebten Rede, in der der schweigende Hausherr sich über die Verhältnisse klar werden will. Da die Übersetzer diese Verhältnisse aber bereits ausgesprochen haben und also kennen, bedarf es hier auch keiner erlebten Rede des unschlüssigen Hausherrn mehr. Die Übersetzung verwendet statt der erlebten Rede die auktoriale Rede und hebt damit einen Teil des doppelbödigen Maskenspiels auf, aus dem diese ‹Schnorrer-Geschichte› lebt. Denn einerseits entpuppt sich der Sabbatgast, der seinen Schwiegersohn ungebeten an den Tisch setzt, zwar als ein Schnorrer; andererseits aber folgen alle Beteiligten hier nur dem Gebot: Der Hausherr erfüllt seine Gastgeberpflicht, der Sabbatgast erfüllt seinen Vertrag mit den Eltern des Schwiegersohns, und indem er den Vater seiner Frau begleitet, hält sich auch der Schwiegersohn nur an die Regeln der Tradition.[27]

## *Salcia Landmann*

Als Freud sein Buch über den Witz schrieb, gab es den altösterreichischen Vielvölkerstaat noch, in dem ein großer Teil des jiddischsprachigen Ostjudentums seine Heimat hatte. Bald darauf ging er unter, im Zweiten Weltkrieg wurden seine Juden ermordet, und als Salcia Landmann (1911–2002) ihr Buch *Der jüdische Witz* (1960) herausbrachte, war es bereits ein Requiem, ein Denkmal für eine vernichtete Kultur.

Landmann ist noch im Galizien der Donaumonarchie zur Welt gekommen, lebte seit ihrer Kindheit aber in der Schweiz und machte dort eine erstaunliche Karriere. Ihr Buch wurde nicht nur zum Standardwerk seines Genres, sondern auch ein phänomenaler Bestseller, der jahrzehntelang eine Millionenauflage erreichte. Der große Erfolg hatte indessen auch seine Schattenseiten, und in einer frühen Rezension wies Friedrich Torberg ausführlich auf sie hin.[28]

Sie ermorde den jüdischen Witz, heißt es im Untertitel seiner Kritik. Damit ist mehr gemeint, als dass sie ihn nur schlecht erzählt und seine Pointen verdirbt. Landmann sah sich als die letzte Sammlerin dieses Kulturgutes und glaubte behaupten zu müssen, mit den Juden Europas sei auch der jüdische Witz untergegangen. Weder in Israel noch in Amerika habe er eine Zukunft,[29] und Torberg begründet seinen Widerspruch in einer Anmerkung: «*Drehen Sie sich um, Frau Lot* von Ephraim Kishon erscheint demnächst in deutscher Übersetzung bei Langen-Müller. Ich bitte wenigstens in einer Fußnote für mich in Anspruch nehmen zu dürfen, daß ich ganz genau weiß, wovon ich rede; ich habe das Buch übersetzt.» (62) Im historischen Rückblick gewinnt das seine volle Ironie: Für den deutschen Leser wurde das hier erstmals erwähnte Werk Ephraim Kishons in Torbergs Übersetzungen bald darauf zum Markenzeichen des neuen jüdischen Witzes.

Überzeugend weist er Landmann ihre stilistischen und methodischen Mängel nach, in seiner Kritik aber wirft er eine grundsätzlichere Frage auf. Beunruhigt vom großen Erfolg des Buches äußert er eine Vermutung. Unbewusst, so schreibt er, «haben die Leser, denen dieses Buch gefällt, das gleiche angenehm prickelnde Gefühl wie die Kritiker, die es loben: sie haben die Vergangenheit bewältigt und haben sich dabei auch noch gut unterhalten. Mehr kann man nicht verlangen.» (65)

Dieser Verdacht einer billig erkauften geistigen Wiedergutmachung ist leider nicht abzuweisen. Salcia Landmann dachte nicht analytisch, sondern apodiktisch, sie kümmerte sich wenig um die Vorurteile, die sie bediente, und die Auswahl ihres Materials war alles andere als reflektiert. Schon wenige Jahre nach ihrem Bestseller, 1967, brachte sie ein Buch unter dem Titel *Die Juden als Rasse* heraus,[30] in dem sie zwanzig Jahre nach Auschwitz das rassistische Denken zu rehabilitieren und empirisch zu belegen suchte. Hier mag es genügen, die letzten Zeilen dieser ‹Studie› zu zitieren, die kurz vor der Drucklegung im Juni 1967 nachgetragen wurden. Der unerwartete Sieg der Israelis im Sechstagekrieg, so heißt es dort ganz aktuell,

> mag zum Teil aus den im Buche dargelegten Zusammenhängen erklärbar sein: aus der kulturellen Erschöpfung, die die Araber mit den sogenannten «Südjuden» der arabischen Länder teilen, und aus der Tatsache, daß sich die geistige und militärische Führerschicht Israels einstweilen aus dem vitalen und geistigen neuzeitlichen Zentrum der Juden in Osteuropa rekrutiert.[31]

Die Ostjuden haben die Orientalen besiegt: Dies ist der Geist, aus dem auch ihr berühmter Bestseller erwachsen ist. «Seine volle Mannigfaltigkeit, Tiefe und Schärfe», lesen wir dort, «erreicht der

Judenwitz aber erst in den letzten hundert Jahren.» So steht es noch in ihrer Einleitung aus dem Jahr 1988,[32] denn der Unterschied zwischen jüdischem Witz und Judenwitz ist ihr nie bewusst geworden, und so sieht ihr Buch auch aus. Das Kapitel «Klein-Moritz» etwa enthält Judenwitze von der übelsten Sorte,[33] und Ähnliches findet sich an vielen anderen Stellen des Buches.

Nicht alles, was Salcia Landmann zum jüdischen Humor veröffentlicht hat, ist schlecht. Ihre Sammlung *Jüdische Anekdoten und Sprichwörter*[34] ist nicht nur kompakter und fundierter, sie ist auch zweisprachig und gibt das jiddische Original gut wieder. Unter anderem enthält sie den Witz von dem Schnorrer, der zurechtgewiesen wird, weil er nicht bescheiden genug auftritt, und darauf zur Antwort gibt:

> *– Doss gefelt mir dawke! – sogt der balejdikter schnorer. – Dacht sich, as nischt fun nechtn hob ich sich genumen zu schnoreraj! Ich bin, boruch haschem, ganze finf un zwanzik jor in der dosiker parnosse, wel ich izt oif der elter sajn baj ajch sich lernen schnorn.*[35]

Und Salcia Landmann übersetzt:

> «Na, das gefällt mir!» sagt der beleidigte Schnorrer. «Schließlich habe ich nicht erst gestern mit der Schnorrerei begonnen! Ich bin, Gott sei gelobt, schon ganze fünfundzwanzig Jahre in dem Metier – werde ich jetzt auf meine alten Tage bei Euch lernen, wie man schnorrt?!»[36]

Für *in der dosiker parnosse* ist ‹in dem Metier› etwas zu hoch gewählt, besser wäre ‹in diesem Handwerk› oder ‹in dieser Branche›, im Ganzen aber ist die Übersetzung passabel. Wo ihr jedoch die jiddische Vorlage fehlt und sie die Geschichte selbst erzählen muss, wird spürbar, wie wenig Sprachgefühl Salcia Landmann hat. In *Der jüdische Witz* hört sich das so an:

Schnorrer: «In Anbetracht Ihres Wohlstandes und meiner Misere bitte ich Sie, jede Anwandlung von Geiz zu unterdrücken und ...»
Hausherr: «So redet man nicht mit mir, wenn man Geld haben will!»
Schnorrer, bitter: «Wollen Sie mich schnorren lehren?» [37]

Und auch die Geschichte von dem Mann, der seinen Schwiegersohn an den Sabbattisch mitbringt, hat sie uns leider nicht vorenthalten. Wir haben sie schon bei Freud, bei Olsvanger und in *Jüdische Schwänke* gelesen, und Salcia Landmann erzählt sie mit folgenden Worten:

Es war im Osten Sitte, daß die ansässigen jüdischen Bürger durchreisende arme Leute, denen sie am Freitagabend (der Sabbat und die meisten Festtage beginnen bei den Juden am Vorabend) beim Gebet in der «Schul» begegneten, zu der festlichen Mahlzeit einluden.

Ein Jude lädt einen Schnorrer ein. Als sie zusammen die Synagoge verlassen, heftet sich ein schweigender Jüngling an ihre Fersen, betritt mit ihnen zusammen das Haus, setzt sich an die Festtafel und ißt. Der Hausherr schweigt verwundert. Nach dem Essen fragt er den Gast, ob er den Jüngling vielleicht kenne?
Der Schnorrer: «Aber natürlich! Das ist mein Schwiegersohn. Er ist bei mir auf Köst.»
(Vertraglich zugesicherte Zeit des Unterhalts des jungverheirateten Paars durch den Vater der Braut.)[38]

Die Vorlage zu diesem Witz, so viel ist gewiss, war seine Version in Olsvangers *Rosinkess mit Mandlen*. Aber Salcia Landmann hat alle Nuancen zerstört, seine Pointen sind untergegangen, und das einzig Witzige mag hier ihre Vorstellung gewesen sein, dass man über diesen ‹Witz› noch lachen könne.

Epilog

# Der Herrscher und sein Stiefbruder
# Freud deutet einen Witz

Das letzte Kapitel hat noch einmal gezeigt, wovon schon im Prolog die Rede war – die Welt des Jiddischen, die es ohnehin kaum noch gibt, ist im deutschen Sprachraum zur fernen Vergangenheit geworden. Auch Sigmund Freud und Salcia Landmann haben zu dieser Entfremdung beigetragen, und wie Freud einen jiddischen Witz missversteht, haben wir bereits gesehen.

Doch seine Witztheorie hat einen kanonischen Status erlangt. Um mich ihr zu nähern, wähle ich lieber ein Beispiel, das nicht aus dem Jiddischen kommt:

> In Begleitung seiner Hofleute geht der König über die Straßen der Residenz und zeigt sich dem Volk, das ihm zujubelt. Da sieht er einen Mann, der ihm ähnelt wie ein Zwillingsbruder, er bleibt bei ihm stehen und fragt: «Hat Seine Mutter einmal am Hof gedient?» – «Nein», antwortet der Mann, «aber mein Vater.»

Es ist ein Witz über den Ehebruch, wie es ihn im Jiddischen nicht gibt, und auch sein sozialer Hintergrund ist den Juden fremd. Ihr Überleben in den Jahrtausenden des Exils setzte eine prinzipielle Solidarität voraus, die es ihnen nicht erlaubte, in unüberbrückbare Einheiten auseinanderzubrechen. Wie jede andere Gesellschaft kannten die Juden natürlich Klassenunterschiede. Die vielen Witze über Arm und Reich sprechen da eine deutliche Sprache, ebenso aber belegen sie die Kohäsion, die Reich und Arm zusammenhielt.

Eine kategorische Unterscheidung von «König» und «Volk» gab

es indessen nicht, das witzige Wort vom «blauen Blut» haben andere Völker erfunden. In ihrer alten Heimat hatten auch die Juden ihre Könige gehabt, aber als sie vertrieben wurden, konnten sie sich diesen Luxus nicht mehr leisten. Ihr Fortbestand in der Fremde hing von einer internen Gleichheit ab, aus der sie ihre kollektive Kraft schöpften, und in den Witzen, in denen der arme Sabbatgast dem reichen Hausherrn ebenbürtig ist, findet das seinen Ausdruck.

Freilich fungiert der Witz hier nur als ein Regulativ, und die soziale Wirklichkeit sah anders aus. Den Ehebruch, den der Witz nicht toleriert, gab es sehr wohl, im Begriff der *Agúne* hat er eines seiner Kodewörter gefunden. Und wie grausam die Standesunterschiede im Ostjudentum sein konnten, hat uns Scholem Alejchem nicht verschwiegen, als er Tewjes Tochter Selbstmord begehen lässt, weil die reiche Familie ihres Verlobten die Hochzeit verhindert.

## *Triumph des kleinen Mannes*

Der hier gewählte Witz ist in einer völlig anderen Welt entstanden. Ich habe schon seit Langem meine Freude an ihm, weil hier mit wenigen Worten gelingt, was selbst die großen Revolutionen nie geschafft haben: Eine ungerechte Ordnung, in der ein Herrscher seinem Untertan mit Wort und Tat zu nahe treten darf, stürzt ein.

Das Vorrecht des Königs erwächst aus den Mythen von «hoher Geburt» und prinzipieller Ungleichheit, in den Bildern von Herren und Knechten schreiben sie reale Machtverhältnisse fest. Darauf beruft sich der König, wenn er wie selbstverständlich unterstellt, sein Vater habe die Mutter des Mannes geschwängert, als sie am Hof diente.

Doch der König ist im Irrtum, und sein Untertan klärt ihn auf. Ich bin nicht, so sagt er zu ihm, der Sohn deines Vaters, sondern es ist anders. Aus den Mythen holt er Seine Hoheit auf den Boden einer Tatsache zurück – und während wir lachen, kommt unsere traurige Welt für den schönen Augenblick eines Witzes wieder ins Lot.

Zuerst ist er mir bei Sigmund Freud begegnet, so war es mir immer in Erinnerung. Aber lange hatte ich *Der Witz und seine Beziehung zum Unbewußten* nicht mehr gelesen, und als ich es wieder tat, machte ich einige überraschende Entdeckungen. Dies ist zunächst der Wortlaut des Witzes bei Freud:

> Serenissimus macht eine Reise durch seine Staaten und bemerkt in der Menge einen Mann, der seiner eigenen hohen Person auffällig ähnlich sieht. Er winkt ihn heran, um ihn zu fragen: «Hat Seine Mutter wohl einmal in der Residenz gedient?» – «Nein, Durchlaucht», lautet die Antwort, «aber mein Vater.»[1]

Es ist natürlich die selbe Pointe, aber mein Gedächtnis hat den Text verändert, und ein Vergleich der Versionen wirft Licht auf die Überlieferung von Witzen. Ein Wort wie «Serenissimus» ist mir entfallen, weil der Feudalismus für mich längst Geschichte ist. Bei Freud war es anders, ihm sind die Begriffe dieser alten Welt noch geläufig gewesen. Bis zum Ersten Weltkrieg lebte er im Zentrum der feudal strukturierten Habsburgermonarchie, Wien war Hauptstadt und «Residenz» zugleich; wenn Franz Joseph durch die Provinzen fuhr, bereiste er «seine Staaten»; und in der Anrede «Durchlaucht» scheint noch der Mythos der hohen Geburt auf.

Bei mir sind solche Feinheiten zum Gegensatz von «König» und «Untertan» geronnen, und ich habe den Witz – wenn ich es so sagen darf – demokratisiert: Der König winkt seinen Untertan nicht heran, sondern er bleibt bei ihm stehen; und die Antwort des Mannes fällt knapper aus, sachlicher und weniger devot.

Es sind keine bewussten Entscheidungen, die ich getroffen habe, es sind Adaptionen, wie sie sich bei der Tradierung von Witzen immer finden. Weitgehend beruht sie auf der Mündlichkeit, und während ich den Witz im Laufe der Jahre erzählte, verfestigte sich der Wortlaut, den ich ihm gab, passte sich meinem anderen Weltbild an. Wie alle Witze, die sich durch verschiedene Zeiten und Räume bewegen, erhielt er nicht nur eine neue Inszenierung, sondern auch eine neue Interpretation, und als ich ihn bei Freud jetzt wieder las, war das die größere Überraschung für mich: Er hat den Witz nicht nur anders erzählt, er hat ihn auch anders verstanden.

Der Witz steht im ‹Analytischen Teil› des Buches, unter dem Titel «Die Technik des Witzes», und zunächst kommentiert ihn Freud nicht. Er definiert ihn nur durch den Kontext, in den er ihn stellt, ordnet ihn den «sogenannt schlagfertigen Witzen» zu. Ihre Technik, die «Unifizierung» (66), begegne einer Drohung, indem sie ihre feindseligen Elemente auf überraschende Weise in sich aufnehme. «Die Schlagfertigkeit besteht ja im Eingehen der Abwehr auf die Aggression, im ‹Umkehren des Spießes›, im ‹Bezahlen mit gleicher Münze›, also in Herstellung einer unerwarteten Einheit zwischen Angriff und Gegenangriff.» (66 f.)

Erst dreißig Seiten später, im Kapitel «Die Tendenzen des Witzes», kommt er noch einmal auf ihn zurück. Zu Beginn unterscheidet er dort zwischen ‹harmlosen› und ‹tendenziösen› Witzen. «Nur derjenige Witz, welcher eine Tendenz hat», so schreibt er, «läuft Gefahr, auf Personen zu stoßen, die ihn nicht anhören wollen.» (86) Eben weil er nicht harmlos ist, ruft der tendenziöse Witz bei einer gewissen Hörerschaft Widerstand hervor, und damit ist ein Punkt erreicht, der Freuds psychoanalytisches Interesse erregt. Mit seiner Tendenz verstößt der Witz gegen eine Zensur, und deshalb sucht er seine Tendenz zu verbergen. Seine Techniken – «Verdichtung, Verschiebung, indirekte Darstellung usw.» (90) – erinnern deshalb nicht zufällig an den Traum, und das wird uns bald noch beschäftigen.

Da er gegen einen Zensor zu kämpfen hat, entwickelt der tendenziöse Witz eine größere Stoßkraft und unterscheidet sich von dem harmlosen Witz auch in seinem Effekt. «Die Lustwirkung des harmlosen Witzes ist zumeist eine mäßige; ein deutliches Wohlgefallen, ein leichtes Lächeln ist zumeist alles, was er beim Hörer zu erreichen vermag [...]. Fast niemals erzielt der tendenzlose Witz jene plötzlichen Ausbrüche von Gelächter, die den tendenziösen so unwiderstehlich machen. Da die Technik bei beiden die nämliche sein kann, darf in uns die Vermutung rege werden, daß der tendenziöse Witz kraft seiner Tendenz über Quellen der Lust verfügen müsse, zu denen der harmlose Witz keinen Zugang hat.» (92)

Gleichzeitig mit seinem Buch über den Witz schrieb Freud *Drei Abhandlungen zur Sexualtheorie*,[2] und man wird nicht lange raten müssen, welche anderen Lustquellen hier gemeint sind. Er unterscheidet zwischen «nur zwei Tendenzen» – ‹feindselig› oder ‹obszön› – und stellt zuerst die zweite Tendenz dar, «den entblößenden Witz». (92) Seinen Ursprung findet er in der Zote, die zunächst vom Mann «an das Weib gerichtet und einem Verführungsversuch gleichzusetzen» sei (93); dann aber werde sie, durch die «Unnachgiebigkeit des Weibes» (94) an der Umsetzung in die Tat gehindert, ersatzweise zum Männergespräch, «beim gemeinen Volke so überaus beliebt und eine nie fehlende Betätigung heiterer Stimmung». (95)

Auf dieser primitiven, unverblümten Stufe aber bleibe sie immer nur eine Zote. «Erst wenn wir zu feiner gebildeter Gesellschaft aufsteigen», setzt Freud fort, «tritt die formelle Witzbedingung hinzu. Die Zote wird witzig und wird nur geduldet, wenn sie witzig ist.» (95) Freud schreibt eine kleine Kulturgeschichte bürgerlicher Zweideutigkeit, er liest den obszönen Witz als «Befriedigung eines Triebes», als ein Mittel, geheime Wünsche aus der Verdrängung zu holen, indem er die Obszönität auf eine geistig höhere Stufe hebt. Denn unsere Kultur erlaube es uns nicht mehr, «über die grobe Zote zu lachen [...], wir würden uns schämen, oder sie erschiene uns ekelhaft; wir können erst lachen, wenn uns der Witz seine Hilfe geliehen hat.» (96)

Nicht nur unsere obszönen, auch unsere feindseligen Neigungen sind der Zensur unterworfen. «Mit kräftigen Anlagen zur Feindschaft noch als Kinder begabt, lehrt uns später die höhere persönliche Kultur, daß es unwürdig ist, Schimpfwörter zu gebrauchen.» (97) Selbst wo wir verfluchen wollen, suchen wir daher nach Auswegen des guten Tons und sind so «auf die Rolle des Witzes bei der feindseligen Aggression vorbereitet». (98)

Oft gibt es äußere Hindernisse, die einen Ausbruch der Feindseligkeit verbieten, und an dieser Stelle kommt Freud noch einmal auf den Witz von Serenissimus und dem Mann zurück, der ihm so auffallend ähnlich sieht:

> Der Gefragte möchte gewiß den Frechen niederschlagen, der es wagt, durch solche Anspielung dem Andenken der geliebten Mutter Schmach anzutun; aber dieser Freche ist Serenissimus, den man nicht niederschlagen, nicht einmal beleidigen darf, wenn man diese Rache nicht mit seiner ganzen Existenz erkaufen will. Es hieße also die Beleidigung schweigend herunterwürgen; aber zum Glück zeigt der Witz den Weg, sie ungefährdet zu vergelten, indem man mit dem technischen Mittel der Unifizierung die Anspielung aufnimmt und gegen den Angreifer wendet. Der Eindruck des Witzigen wird hier so sehr von der Tendenz bestimmt, dass wir angesichts der witzigen Entgegnung zu vergessen neigen, daß die Frage des Angreifers selbst durch Anspielung witzig ist. (99)

Ich hatte den Witz, wie schon gesagt, vor langer Zeit bei Freud kennengelernt, und im Laufe der Jahre hatte mein Gedächtnis seinen Wortlaut verändert. Jetzt, beim Wiederlesen seiner Deutung, wurde mir klar, dass die Veränderung nicht nur den Wortlaut, sondern auch den Sinn betraf, den ich dem Witz gegeben hatte. Freuds Deutung kam mir merkwürdig fremd vor, und sie enttäuschte mich in gewisser Weise. Wo bleibt hier der Sieg des Untertans, der mit seiner Antwort den Mythos von der «hohen Geburt» in sich zusammenstürzen lässt? Wo der Mut des kleinen Mannes, der den Standesdünkel eines fragwürdigen Herrschers verachtet? Wo die Zivilcourage des Bürgers, der es wagt, eine prinzipielle Gleichheit einzuklagen und sich dem Herrscher als sein benachteiligter Stiefbruder zu erkennen zu geben?

Von dem großen Wurf, der in der Replik des Mannes angelegt ist, lässt Freud nicht viel übrig. Er stattet ihn mit einem Innenleben aus, macht ihn zum Ödipus, dem das «Andenken der geliebten Mutter» teuer sei, und zeigt ihn zugleich in seiner Wehrlosigkeit: Schweigend müsste er die Beleidigung «herunterwürgen», würde es ihm der Witz nicht erlauben, «sie ungefährdet zu vergelten».

Ist es aber wirklich so? Wenn es dem Mann darum ginge, die Ehre seiner Mutter zu retten – wäre er dann gut beraten, den eigenen Vater zu einem Ehebrecher zu machen, der seine Frau mit der Mutter des Herrschers betrogen hat? Die Fragwürdigkeit solcher Vermutungen über die Motive des Mannes hat Freud vielleicht schon deshalb übersehen, weil sein Weltbild immer patriarchalisch gewesen ist, noch zweifelhafter indessen erscheint Freuds Behauptung, der Mann würde die Beleidigung der Mutter mit seiner schlagfertigen Antwort «ungefährdet» vergelten können.

Es ist wohl kaum anzunehmen, dass der Herrscher die Beleidigung, die er eben selber ausgesprochen hat, in der Retourkutsche nicht wiedererkennt. Zwar gibt es Gründe dafür, in der Figur des «Serenissimus» einen ausgemachten Trottel zu sehen, und darüber wird später noch etwas zu sagen sein. Aber Freud hält ihn gar nicht für dumm, denn am Ende seiner Deutung gesteht er ihm eine eigene Witzigkeit zu. Mit seiner Antwort ist der Mann also alles andere als «ungefährdet», und dass Durchlaucht ihm seine Frechheit ungeahndet durchgehen ließe, darf keineswegs als gesichert gelten.[3]

## *Freuds Unbehagen*

Der kurze Austausch zwischen Herrscher und Untertan wird hier wenig überzeugend gedeutet, und diese Fehlleistung – wie Freud selbst es nennen würde – wollen wir uns genauer anschauen. Das Ziel, das er anstrebt, steht bereits im Titel des Buches: Es soll die Beziehung herausarbeiten, in der der Witz zum Unbewussten steht. Diese Absicht gibt ihm seine Richtung vor, und wir haben oben schon bemerkt, dass Freud bei tendenziösen Witzen, die eine Zensur zu fürchten haben, die gleichen Techniken beobachtet, wie sie auch der Traum verwendet – «Verdichtung, Verschiebung, indirekte Darstellung». (90)

Auf den ersten Blick überrascht diese Verbindung nicht. Schon Wilhelm Fließ hatte sie bemerkt, und in der *Traumdeutung* geht Freud in einer Anmerkung darauf ein. «Der erste Leser und Kritiker dieses Buches hat mir den Einwand gemacht, den die späteren wahrscheinlich wiederholen werden, ‹daß der Träumer oft zu witzig erscheine›. Das ist richtig [...]. Der Traum wird witzig, weil ihm der gerade und nächste Weg zum Ausdruck seiner Gedanken gesperrt ist; er wird es notgedrungen.»[4]

Eine Affinität von Traum und Witz war Freud nicht unbekannt, als er das Buch zu schreiben begann, es fällt aber auf, wie zögernd er sie zur Sprache bringt. Im ‹Analytischen Teil›, der die erste Hälfte des Buches bildet, stellt er die Techniken und Tendenzen des Witzes vor, und obwohl sie den mit Freuds Werk vertrauten Leser deutlich an den Traum erinnern, macht er die Beziehung noch nirgends explizit. Dies tut er erst sehr spät, erst im ‹Theoretischen Teil›, dem letzten Hauptabschnitt des Buches, und hier wird spürbar, was ihn so lange hat zögern lassen. Das sechste Kapitel – «Die Beziehung des Witzes zum Traum und zum Unbewußten» – soll die schon im Titel angekündigten Ergebnisse der Studie zusammenfassen, Freud ist sich ihrer aber nicht sicher, und sie erfüllen ihn mit Unbehagen. Er hat seine Zweifel daran, ob sie die Verankerung des Witzes im Unbewussten beweisen können:

> Ich wünschte gern, dass es mir möglich wäre, diesen einen entscheidenden Punkt in meiner Auffassung des Witzes einerseits klarer darzulegen, anderseits mit zwingenden Argumenten zu verstärken. Aber [...] [i]ch kann eine klarere Darstellung nicht geben, weil ich keine weiteren Beweise für meine Auffassung habe. Dieselbe ist mir aus dem Studium der Technik (des Witzes) und aus dem Vergleich mit der Traumarbeit erwachsen, und zwar nur von dieser einen

> Seite her; […] begnügen wir uns also damit, von unserem Standpunkt der Beobachtung ein einziges, schmales und schwankes Brett ins Unergründete hinauszuschieben.
> Wir werden nicht viel auf dieser Grundlage aufbauen. (166)

Die Analogie zur Traumarbeit ist umso prekärer, als Freud gleich darauf eine prinzipielle Unterscheidung zwischen Traum und Witz einräumen muss. «Der Traum ist ein vollkommen asoziales seelisches Produkt; er hat einem anderen nichts mitzuteilen; […] er muss sich sogar hüten verstanden zu werden, da er sonst zerstört würde; er kann nur in der Vermummung bestehen.» (167) Der Witz dagegen funktioniert auf eine völlig andere Weise. Er ist die

> sozialste aller auf Lustgewinn zielenden seelischen Leistungen. Er benötigt oftmals dreier Personen und verlangt seine Vollendung durch die Teilnahme eines anderen an dem von ihm angeregten seelischen Vorgange. Er muss sich also an die Bedingung der Verständlichkeit binden […]. (167)

Es sind diametral entgegengesetzte Vorgänge, die Freud hier beschreibt. Der Traum lebt davon, dass er verborgen bleibt, indem er seinen Inhalt durch die Techniken der Verdichtung und Verschiebung maskiert. Damit überlistet er zwar den Zensor, zugleich aber bleibt er auch dem Träumenden selbst unverständlich, und genau deshalb hat Freud seine *Traumdeutung* geschrieben: um den Inhalt des Traums aus dem Unbewussten zu befreien, in das er ihn mit seinen Techniken eingekapselt hat.

Auch der Witz verwendet diese Techniken, aber er hat dabei ein anderes Ziel. Er will nichts verbergen, er will etwas zeigen, und an vielen Stellen seines Buches werden Freuds Deutungen daher zu Versuchen am untauglichen Objekt. Hier geht es nicht um eine Dekodierung wie in der *Traumdeutung*, denn der Witz verschlüsselt keinen latenten Inhalt. Er geht umgekehrt vor: Mit seinen Verdichtungen und Verschiebungen bricht er die Fassaden unserer Wirklichkeit auf.

Das Unbewusste ist die große Entdeckung der Psychoanalyse. Es ist das Neue, das sie dem modernen Menschenbild eingeschrieben hat. Zur Dialektik ihrer Geschichte gehört deshalb aber auch, dass Sigmund Freud in gewisser Hinsicht zum Gefangenen dieser Entdeckung geworden ist. Seine Werke lehren uns viel über das Lustprinzip und die Primärvorgänge, über das Realitätsprinzip indessen – auf das die Analyse doch hinführen soll – erfahren wir verhältnismäßig wenig.

Das lässt sich auf verschiedene Weisen deuten. Zunächst leuchtet es ein, dass der Forscher von der *terra incognita*, die sich vor ihm auftut, fasziniert ist, ihr den größten Teil seiner Aufmerksamkeit – Freud würde vielleicht sagen: seiner Libido – zuwendet und darüber gewisse andere Aspekte vernachlässigt. Es ist leicht einzusehen, dass die verdrängten Wünsche des Lustprinzips interessanter zu sein versprechen als das Realitätsprinzip und seine oft nur allzu graue Wirklichkeit.

Es gibt aber noch eine andere Deutung, und sie zeigt uns die Schattenseite der Psychoanalyse. Freud hat *zuerst* die Wirklichkeit erfahren, unter der nicht nur seine Patienten zu leiden hatten, sondern auch er selbst, und erst danach, in einem *zweiten* Schritt, hat er das Unbewusste entdeckt – als einen Schutzraum, in den die Seele vor dieser Wirklichkeit flieht. Es ist kein Zufall, dass die Träume, die in sein berühmtestes Buch eingegangen sind, zum Teil seine eigenen Träume waren: An ihnen hat er studiert, wie wir vor der Realität in Deckung gehen.

Freud war ein Rationalist, aber er war kein Optimist, und als er das Unbewusste entdeckte, machte er sich keine Illusionen. Seine Patienten wollte er nicht dazu anleiten, ihre verborgenen Lüste auszuleben, er wollte ihnen nur in ihrem täglichen Existenzkampf beistehen. Während seine Lehre unser Menschenbild revolutionierte, blieb er selbst erstaunlich konservativ, und das Unbewusste erforschte er nicht, um mit ihm das Realitätsprinzip zu verändern. Es war umgekehrt: Seinen von einem unbeherrschten Lustprinzip gequälten Patienten wollte er nur helfen, sich den Forderungen einer übermächtigen Realität anzupassen.

Über der klassischen Psychoanalyse liegt ein tiefer Respekt vor der Wirklichkeit, ja fast eine Angst vor ihr,[5] und damit schließt sich ein bemerkenswerter Kreis. «Ich habe nicht eigentlich Sorge um die Wirkung, die für jeden von Ihnen in dem heutigen Abend vorbereitet ist», sagt Franz Kafka zu seinem deutsch-jüdischen Publikum in der Rede über das Jiddische, «aber ich will, daß sie gleich frei werde, wenn sie es verdient. Dies kann aber nicht geschehen, solange manche unter Ihnen eine solche Angst vor dem Jargon haben, daß man es fast auf Ihren Gesichtern sieht.»[6]

Kafkas Rede haben wir im Prolog kennengelernt. Er hält sie 1912 in Prag, und in Wien, kaum 250 Kilometer entfernt, entwickelt Freud zur gleichen Zeit die Psychoanalyse. Man kann sie auch als eine Theorie der Angst beschreiben, und nicht zufällig ist die Verdrängung einer ihrer zentralen Begriffe. Mit der Angst des Unbewussten vor dem Zensor meint Freud natürlich weit mehr als die Angst vor dem Jargon, die Kafka auf den Gesichtern der deutschsprachigen Juden erkennt. In seiner Abwehr des Jiddischen aber hat sie auch bei ihm ihre Spuren hinterlassen.

Freuds Angst des akkulturierten Juden zeigt sich noch in der Rolle, die seine Theorie dem Witz zuschreibt. Über die Zote, so hieß es, können wir nur lachen, «wenn uns der Witz seine Hilfe geliehen» (96) und die Zote damit veredelt hat. Auch den Witz, wie vorher schon den Traum, deutet Freud als Mittel, das uns vor einem Zensor schützt: «Der Gedanke sucht die Witzverkleidung [...] vor allem aber, weil dieses Kleid unsere Kritik besticht und verwirrt». (125)

Der Traum wehrt den Zensor durch seine Hermetik ab, der Witz tut es durch das Lachen, das er erregt. Beide Arbeitsweisen aber könnten kaum gegensätzlicher sein: Der Traum entzieht sich der Verständlichkeit und verweigert alle Kommunikation, der

Witz dagegen lebt davon, dass seine Hörer ihn verstehen. Freud setzt hier Dinge miteinander gleich, die keineswegs gleich sind, und das führt zu zahlreichen Ungenauigkeiten in seinem Buch. Eine davon greife ich als Beispiel heraus.

Unter anderem beschäftigt ihn das Problem, warum nur der Hörer des Witzes lacht, nicht aber derjenige, der ihn erzählt. Er verwendet die Terminologie seines Denkens, spricht von «psychischer Energie» und «Abfuhr», und im Kapitel «Die Motive des Witzes. Der Witz als sozialer Vorgang» lesen wir es folgendermaßen:

> Wenn wir sehen, daß der Hörer des Witzes lacht, der Schöpfer desselben nicht lachen kann, darf uns dies soviel besagen als, daß beim Hörer ein Besetzungsaufwand aufgehoben und abgeführt wird, während sich bei der Witzbildung entweder in der Aufhebung oder in der Abfuhrmöglichkeit Hemmnisse ergeben. (139)

Es gelingt Freud, das Lachen des Hörers mit den Begriffen der Psychoanalyse zu erklären, nicht aber das Ausbleiben dieses Lachens beim Erzähler. Die Frage kann er nicht lösen, und sie bleibt ihm, so heißt es noch gegen Ende des Kapitels, «durch ein Dunkel verhüllt». (146) Wie immer ist er auch hier auf der Suche nach der Verteilung psychischer Energien, und wenn der Witz den Hörer zum Lachen bringt, so müsste das eigentlich auch bei seinem «Schöpfer» geschehen.

Doch dieses Problem gibt es in Wirklichkeit gar nicht, denn Freud geht von einer irrigen Voraussetzung aus. Dem Hörer des Witzes steht nicht sein Schöpfer gegenüber, sondern sein Erzähler, der ihn in den allermeisten Fällen nicht erfunden hat. Er hat ihn selbst gehört, und in dem ‹sozialen Vorgang›, den das Kapitel untersucht, ist seine Rolle nicht die des Produzenten, sondern – um in Freuds ökonomischer Terminologie zu bleiben – die eines Verteilers.[7] Während er den Witz erzählt, geht es ihm nicht mehr darum, einen «Besetzungsaufwand» aufzuheben, denn das hat er schon getan, als er den Witz zum ersten Mal hörte und damals lachte; jetzt konzentriert er sich darauf, ihn richtig zu erzählen, und die Lustprämie, für die er diese Rolle übernimmt, ist das Lachen seiner Hörer.

Die Witze, die unser Leben begleiten, wurden nicht produziert, sondern sie wurden in Umlauf gebracht, sie kursieren. Sie haben uns über zahllose Verteiler erreicht, denen es ein Vergnügen war, sie weiterzuerzählen, um sie in einem mehrfachen Sinn des Wortes zum Allgemeinwissen unserer Gesellschaft zu machen.

## *Gegenläufige Strategien*

Manche dieser Witze sind, wie wir gleich sehen werden, von erstaunlicher Langlebigkeit. Vorher aber kehren wir noch einmal zu Serenissimus und dem Mann zurück, der ihm so auffallend ähnlich sieht. «Der Gefragte», schreibt Freud, «möchte gewiß den Frechen niederschlagen, der es wagt, durch solche Anspielung dem Andenken der geliebten Mutter Schmach anzutun»; die Beleidigung darf er zwar nicht rächen, «aber zum Glück zeigt der Witz den Weg, sie ungefährdet zu vergelten, indem man [...] die Anspielung aufnimmt und gegen den Angreifer wendet». (99) Freuds Deutung hatte mich befremdet, und jetzt lässt sich dieses Gefühl besser begründen.

Die Hände des Mannes, so liest Freud es, sind gebunden, und seine Replik habe er nur erfunden, um die Anzüglichkeit des Herrschers zu parieren. In einem psychoanalytischen Modell seelischer Abläufe mag das plausibel erscheinen, zugleich aber wird deutlich, welchem Irrtum Freud erliegt. Um sein Modell anwenden zu können, macht er den Mann zum Produzenten der Pointe, der sich seine Antwort nur ausgedacht hat, um der Beleidigung der Mutter entgegenzutreten, doch damit verzerrt er den Witz und seine Logik.

Nicht der Mann hat sich die Pointe ausgedacht, sondern der anonyme Autor des Witzes, den wir den Volksmund nennen. Weder Serenissimus noch sein Stiefbruder sind Menschen aus Fleisch und Blut, und sie sind auch keine literarischen Gestalten, denen sich eine psychologische Tiefe zuschreiben ließe. Das Verhältnis, das der Mann zum Andenken seiner Mutter haben mag, ist daher völlig irrelevant. Sowohl der Mann als auch Serenissimus sind namenlose Figuren, Witz-Figuren in einem wörtlichen Sinn, denen der Witz auch die Sätze diktiert, die sie zu sprechen haben, um seiner Logik zu genügen.

Und diese Logik, das ist das Entscheidende, ist eine öffentliche Logik: Der Text des Witzes ist kein verdrängter Wunsch wie der Traum, er ist eine offen zur Schau gestellte Realität; die Ähnlichkeit des Mannes mit dem Herrscher ist nicht Anlass zu witzigen Spekulationen, sie ist der *Beweis* ihrer Verwandtschaft; und die Antwort des Mannes ist keine Replik in einem witzigen Wortgefecht, sie ist die Lösung der Frage, *wie* diese Verwandtschaft zu erklären ist.

Schlagfertig ist nicht der Mann, schlagfertig ist der Volksmund, der diesen Witz erfunden hat. Wie der Chor in der Tragödie oder wie der Hofnarr darf er aussprechen, was der Herrscher nicht hören will. Deshalb kursieren solche Witze und werden von unzähligen Verteilern weitergegeben. Sie stärken die Gesellschaften, in denen sie erzählt werden, denn es ist anders, als Freud es behauptet. Der Witz fürchtet keine Kritik, er *übt* Kritik. Und er hat auch keine Angst vor dem Zensor – seinem Anspruch hält er den Hohlspiegel der Lächerlichkeit entgegen.

Freud hat durchaus gewusst, dass die Figuren des Witzes oft nur seine Fassade sind. Unter den zahlreichen Witzen seines Buches, die aus dem Jiddischen kommen, gibt es eine Gruppe, in deren Mittelpunkt die Heiratsvermittler und ihre traurigen Bräute stehen, die sie zu verkuppeln suchen. Es sind die *schadchónim*, die wir bei Jizchok Leib Perez kennengelernt haben, armselige Figuren, die ständig scheitern, und Freud wundert sich zunächst über ihre Funktion.

Der tendenziöse Witz diene «der Aggression oder der Kritik gegen Höhergestellte» (99), schreibt er, und warum richte er sich also gegen die machtlosen Heiratsvermittler? Dann äußert er eine Hypothese: «Geht es nicht vielmehr so zu, daß der Witz die Vermittler nur vorschiebt, um etwas Bedeutsameres zu treffen, daß er, wie das Sprichwort sagt, auf den Sack schlägt, während er den Esel meint?» (100)

Die Pointe dieser Witze besteht oft darin, dass der Vermittler die Braut, die er eben noch angepriesen hat, am Ende selber denunziert. So kommt ein Heiratskandidat in das Elternhaus der jungen Dame, und während sie im Wohnzimmer auf den Eintritt der Familie warten, deutet der Vermittler auf eine Vitrine mit teuren Silbergeräten, um den Reichtum der Herrschaften herauszustreichen. «[W]äre es denn nicht möglich», fragt der misstrauische Heiratskandidat, «daß diese schönen Sachen nur für die Gelegenheit zusammengeborgt sind?» (63)

«Aber ich bitt' Sie, wer borgt denn den Leuten was?» erwidert der Vermittler, und seinen Kommentar dazu schreibt Freud vierzig Seiten später:

> Ich bitt' Sie, wer borgt denn den Leuten was! Die ganze Lächerlichkeit fällt nun auf die in der Geschichte nur gestreiften Eltern, die solchen Schwindel für gestattet halten, um nur ihre Töchter an den Mann zu bringen, auf die Erbärmlichkeit der Mädchen, die sich unter solchen Veranstaltungen verheiraten lassen, auf die Unwürdigkeit der Ehen, die nach solchen Einleitungen geschlossen werden. Der Vermittler ist der richtige Mann, der solche Kritik zum Ausdruck bringen darf, denn er weiß am meisten von diesen Mißbräuchen, er darf sie aber nicht laut verkünden, denn er ist ein armer Mann, der gerade nur von deren Ausnützung leben kann. In einem ähnlichen Konflikt befindet sich aber auch der Volksgeist, der diese und ähnliche Geschichten geschaffen hat; denn er weiß, die Heiligkeit der geschlossenen Ehen leidet arg durch den Hinweis auf die Vorgänge bei der Eheschließung. (101)

Das gesamte Ostjudentum verfällt in diesem Kommentar der Kritik. Freuds Ressentiment gegen die Welt, aus der er kommt und von der er sich als Bildungsbürger zu emanzipieren sucht, macht ihn hier scharfsichtig, und dem Psychoanalytiker fällt es leicht, den Vorgang der Eheschließung als Krankheitsherd einer ganzen Gesellschaft auszumachen. Freud übersieht jedoch, dass die Juden diesen Witz weder über «Höhergestellte» noch über «Machtlose» erzählen, sondern über ihr eigenes Schtetl; dass die Kritik, die in ihm zum Ausdruck kommt, eine offene Selbstkritik ist; und dass daher auch alle Rede über einen Zensor, den es zu umgehen gelte, nicht greift: Die Juden, die diesen Witz erzählen, sind ihre eigenen Zensoren.

Für die innere Autonomie der Ostjuden bleibt Sigmund Freud blind. Und ebenso wenig bemerkt der konservative Österreicher, zu dem er längst geworden ist, dass auch andere Witze – bei anderen Völkern, in anderen Herrschaftssystemen – auf ähnlich korrupte Verhältnisse hinweisen. Den Witz über Serenissimus zum Beispiel, dessen Stiefbruder ihn über einen Irrtum aufklärt, kann man sehr gut auch ohne ödipale Konstruktionen verstehen, aber das ist dem Wiener Untertan der Hofburg anscheinend entgangen.

## *In alter Tradition*

Es ist mir leider nicht gelungen, herauszufinden, wo Freud den Dialog der beiden Stiefbrüder gehört oder gelesen hat. Um die Jahrhundertwende war Serenissimus eine bekannte Witzfigur. 1895 wurde sie von dem deutschen Schriftsteller Otto Erich Hartleben erfunden, und Karriere machte sie in einer langen Folge von Geschichten, die von verschiedenen, zum Teil anonymen Autoren unter dem Titel «Neues von Serenissimus» in der liberalen Kulturzeitschrift *Jugend* veröffentlicht wurden.

Wir dürfen jedoch vermuten, dass der von Freud zitierte Witz nicht aus dieser Serie stammt. Die Geschichten um Serenissimus hatten eine feste Struktur, in der der Fürst immer das letzte Wort behielt und sich als ein großer Dummkopf erwies.[8] Im Gespräch mit dem Stiefbruder ist es umgekehrt: Das letzte Wort hat der Mann aus dem Volk, und der Dialog ist nicht dümmlich, sondern intelligent.

Ganz sicher aber dürfen wir sein, dass Freud diesen Witz nicht bei seinem Erfinder gehört oder gelesen hat, sondern bei einem seiner unzähligen Verteiler, die ihn von Generation zu Generation überliefern. Das Gespräch über unklare Familienverhältnisse führen nicht erst Serenissimus und der Mann aus dem Volk, es begleitet uns schon seit Jahrtausenden, und so hat Macrobius, ein Autor der römischen Spätantike, es in seinem Werk *Saturnalia* aufgezeichnet:

> Besser noch als seine eigenen Witze gefallen mir bei Augustus die Witze über ihn, denn rühmlicher ist das Erdulden als die Beredsamkeit; und am besten gefällt er mir dort, wo er einen besonders bissigen Witz erduldet. Bekannt geworden ist der derbe Witz eines Mannes aus der Provinz. Er kam nach Rom und zog aller Augen auf sich, weil er Caesar höchst ähnlich sah. Augustus befahl, den Mann zu ihm zu bringen, und als er ihn in Augenschein genommen hatte, fragte er: Sag mir, junger Mann, war deine Mutter einmal in Rom? Jener verneinte, und dann, ohne sich zurückzuhalten, fügte er hinzu: Mein Vater dagegen oft.[9]

Macrobius schreibt das im 5. Jahrhundert auf, aber die Geschichte war damals schon längst bekannt und geht weit zurück, auf keinen Geringeren als Kaiser Augustus, den Prototyp aller Herrscherfiguren. Bei Macrobius ist die Antwort des Mannes aus der Provinz tatsächlich als Witz gemeint und scheint die Deutung Sigmund Freuds zu stützen, aber die Version unterscheidet sich in einem wichtigen Punkt. Augustus spricht seinen Doppelgänger als «junger Mann» an, als «adolescens», und das Altersverhältnis zwischen den beiden Männern stellt sicher, dass sie in Wirklichkeit gar keine

Stiefbrüder sind. Der Witz ist weniger pointiert als die bei Freud zitierte Fassung, und Macrobius wird sie überliefert haben, um Augustus als einen toleranten Herrscher darzustellen.

Die Geschichte gibt es in vielen Varianten, und eine von ihnen, lange vor Macrobius, findet sich in den *Facta et dicta memorabilia* des Valerius Maximus, eines sehr mittelmäßigen römischen Autors. Sie wurde im ersten Jahrhundert n. Chr. geschrieben, handelt nicht von Augustus, sondern von einem obskuren Prokonsul in Sizilien und ist schlecht erzählt, enthält aber einen für unseren Zusammenhang bemerkenswerten Satz. «Mit diesem Witz», heißt es dort über die Antwort des Mannes, «rächte er die beleidigte Keuschheit seiner Mutter, indem er den Verdacht gegen die Mutter des Prokonsuls wendete und dies mit größerer Frechheit tat, als es einem Mann geziemt, der dafür mit Rute und Axt bestraft werden konnte.»[10] Auf ähnliche Weise wird Freud später diese Replik deuten, und fast möchte man annehmen, er habe die Version des Valerius Maximus gekannt. Doch die Annahme erübrigt sich wohl, denn auch aus den Voraussetzungen der Psychoanalyse, die sein Buch über den Witz strukturieren, lässt sich die Deutung mühelos ableiten.

Die Vielzahl der Varianten, in denen der Witz seit der Antike kursiert,[11] weist ihn nicht nur als einen Teil unseres kollektiven Gedächtnisses aus, sie gibt auch zu denken. Freuds Deutung mag mich enttäuscht haben, weil sie das Befreiungspotential der Pointe verdeckt, und ich habe versucht, es in einer Poetologie des Witzes stärker herauszuarbeiten. Aber die Beispiele zeigen, dass dieses Potential sehr lange unsichtbar geblieben ist und dass Freuds konservative Lesart in einer alten Tradition steht. Der Witz, der uns aus der Antike überliefert ist, wird durch seine Erzähler lebendig gehalten, und indem sie ihn erzählen, sagen sie auch vieles über sich selbst.

*

Mit dem Traum war es Freud gelungen, den Königsweg zum Unbewussten zu finden, aber beim Witz ist er weniger erfolgreich gewesen. Das hat er selbst gespürt, und nicht nur die Zweifel, die er darüber in seinem Buch zum Ausdruck bringt, zeigen es an. Später ist er fast nie darauf zurückgekommen, und die Studie über den Witz ist für ihn kaum mehr als ein Abstecher geblieben.

Vielleicht hat er ihr gerade deshalb, aus dem Gefühl des Scheiterns heraus, einen der schönsten Schlusssätze geschrieben, die ihm je gelungen sind. Auch hier soll er den Abschluss bilden – das Ende einer Reise in Vergangenheiten, die für immer unerreichbar bleiben.

Über die Mittel, die uns die Lust des Lachens verschaffen, schreibt Sigmund Freud:

> Denn die Euphorie, welche wir auf diesen Wegen zu erreichen streben, ist nichts anderes als die Stimmung […] unserer Kindheit, in der wir das Komische nicht kannten, des Witzes nicht fähig waren und den Humor nicht brauchten, um uns im Leben glücklich zu fühlen. (219)

# Anmerkungen

## Die verschwiegene Sprache

1 Auch das Englische ist an die Stelle des Jiddischen getreten, als die Juden Osteuropas seit dem Ende des 19. Jahrhunderts nach Amerika auswanderten. Aber diese Ablösung der Sprachen fand zu einer anderen Zeit und unter Bedingungen statt, die hier nicht in den Blick kommen.

2 Manès Sperber, *Die Wasserträger Gottes, All das Vergangene …*, Band 1, Frankfurt am Main 1993, S. 103 f.

3 Manès Sperber, *Bis man mir Scherben auf die Augen legt, All das Vergangene …*, Band 3, Frankfurt am Main 1994, S. 364.

4 Konvolut «Einleitungsvortrag über Jargon», in: Franz Kafka, *Kritische Ausgabe. Nachgelassene Schriften und Fragmente* I, Frankfurt am Main 2002, S. 188–193. Die Seitenzahlen im laufenden Text beziehen sich auf diese Ausgabe; hier S. 188.

5 Zitiert nach Max Brod, «Der Dichter Franz Kafka», in: Gustav Krojanker (Hg.), *Juden in der deutschen Literatur. Essays über zeitgenössische Schriftsteller*, Berlin 1922, S. 58.

6 Die Witze, die mir einfallen, müssen nicht immer jiddisch sein, aber sie sind es in ihrer Mehrzahl. – Auch Sigmund Freuds berühmtes Buch über den Witz hat seine Anfänge in den jiddischen Geschichten, die er von seinem Vater gehört hat, wir werden aber noch sehen, dass er sie völlig anders versteht als ich.

7 Am deutlichsten ist die Gegenüberstellung wohl im Englischen, wo «wit» in seiner Bedeutung weit über den engeren «joke» hinausgeht.

8 So der jiddische Plural des auch im Deutschen geläufigen Schtetl.

9 Diese Geschichte, die ich auf Jiddisch gehört habe, wird hier nur auf Deutsch wiedergegeben. Später werden wir solche Geschichten auch im jiddischen Original kennenlernen.

10 In der Welt des Schtetls spielen Pferde eine große Rolle, das werden wir später bei Mendele Moícher Sfórim und Scholem Alejchem noch sehen.

11 In diesem Kapitel ist auch die Rede von der berühmten Witzsammlung, die Salcia Landmann in den 1960er-Jahren herausgegeben hat.

## Im Mutterschoß der *mámeloschen*

1 *Rosinkess mit Mandlen. Aus der Volksliteratur der Ostjuden. Schwänke, Erzählungen, Sprichwörter, Rätsel.* Gesammelt von Dr. Immanuel Olsvanger, Zürich 1920; die Seitenzahlen im laufenden Text folgen der zweiten Auflage 1932.

2 Diese Sammlungen bieten auch nie einen jiddischen, sondern einen «jüdischen» Witz an; ihr Ziel ist es, die Sprache der Ostjuden zu «verdeutschen», und sie zerstören damit zumeist den ursprünglichen Sinn. Im fünften Kapitel wird darüber noch einiges zu sagen sein.

3 «*Ba reb Anschel Rêjtschild*», in: *Rosinkess mit Mandlen*, S. 43 f.

4 Das Wort ‹Gemara› wurde erst Jahrhunderte nach der Tempelzerstörung geprägt. Es ist nicht Hebräisch, sondern das ihm verwandte Aramäisch der Juden in Galiläa, die den Talmud kodifizierten. Zu den Kennzeichen des Aramäischen gehört die Endung auf den Buchstaben Aleph, mit dem auch der Name Anschel beginnt.

5 Viele Wörter der sogenannten Gaunersprache – Knast, Kassiber, Schmiere stehen – sind nicht zufällig den hebräischen Elementen des Jiddischen entliehen, weil sie schwerer zu erkennen und daher unverständlich waren.

6 Vgl. *Rosinkess mit Mandlen*, S. VIf. sowie S. XLV.

7 Einen Vergleich der beiden Sprachen bietet Otto F. Best, *Mameloschen. Jiddisch – eine Sprache und ihre Literatur*, Frankfurt am Main 1973, S. 42–45.

8 Jahrhunderte später nahmen auch die sogenannten Jeckes, die aus dem Dritten Reich vertriebenen Juden, ihr Deutsch nach Palästina mit und legten es gegen den Widerstand ihrer Umgebung niemals ab.

9 Der Widerspruch ist ausführlich nachzulesen in der großen Monographie zu Mendele Moícher Sfórim von Susanne Klingenstein, *Mendele der Buchhändler. Leben und Werk des Sholem Yankev Abramovitsh. Eine Geschichte der jiddischen Literatur zwischen Berdichev und Odessa, 1835–1917*, Wiesbaden 2014.

10 Sigmund Freud, *Der Witz und seine Beziehung zum Unbewußten*, in: *Studienausgabe*, Frankfurt a. M. 1982, Band IV, S. 78.

11 Bei Olsvanger findet sich eine jiddische Version des Witzes, in der das

Russische an die Stelle des Französischen tritt und die werdende Mutter keine Adlige ist, weil es im Osten keine Nobilitierung gab. Sie überzeugt nicht recht, weil die unfreiwillige Rückkehr zum Jiddischen in einem jiddisch erzählten Witz keine wirkliche Pointe bildet. Vgl. das 280. Stück, «*Der richtiger ssimen*» [«Das richtige Zeichen»] in *Rosinkess mit Mandlen*, S. 184.

12 *Jüdische Anekdoten und Sprichwörter, ausgewählt und übertragen von Salcia Landmann*, München 1965, hier S. 26.

13 Die jiddische Szene in Berlin nach dem Ersten Weltkrieg und auch der Widerstand, den sie in Osteuropa erregte, sind gut dargestellt bei Delphine Bechtel, «*Milgroym*, a Yiddish magazine of arts and letters, is founded in Berlin by Mark Wischnitzer», in: Sander L. Gilman, Jack Zipes (Hggb.), *Yale Companion to Jewish Writing and Thought in German Culture 1096–1996*, New Haven and London 1997, S. 420–426.

14 Es gibt eine deutsche Fassung des Witzes, doch sie ist schlecht erzählt; vgl. Salcia Landmann, *Der jüdische Witz. Soziologie und Sammlung*, Olten 1960, S. 578. – Hier gebe ich ihn wieder, wie er in den 1960er-Jahren in Israel zu hören war.

15 Auf Deutsch und mit ähnlicher Pointe erzählt das auch Salcia Landmann, hier aber wird wieder die mündliche Überlieferung vorgezogen; vgl. Salcia Landmann, *Der jüdische Witz*, S. 569.

16 Die Metapher vom «Luftmenschen» ist zuerst im Jiddischen entstanden, wo sie ironisch, aber stets wohlwollend umschreibt, wie die armen Leute im Schtetl von der Hand in den Mund leben. Im Deutschen nahm sie bald darauf einen anderen, aggressiven Sinn an. Die Wandlungen des Wortes sind gut dargestellt bei Nicolas Berg, *Luftmenschen. Zur Geschichte einer Metapher*, Göttingen 2008.

17 Es ist das 160. Stück in Olsvangers Sammlung, auf Jiddisch heißt es «*An onzuherenesch*»; vgl. *Rosinkess mit Mandlen*, S. 91 f.

18 An Pessach feiern die Juden den Auszug aus Ägyten und essen nur Mazzot, «ungesäuertes Brot».

19 Der Witz wird wiedergegeben, wie Salcia Landmann ihn notiert hat in *Jüdische Anekdoten und Sprichwörter*, S. 76.

20 Vgl. *Ludwig Börne. Eine Denkschrift*, in: Heinrich Heine, *Sämtliche Schriften*. Herausgegeben von Klaus Briegleb, München 1995. – Die Zitate finden sich im vierten Band, S. 120.

## Familienglück

1 Die Opferung Isaaks, siehe 1. Mose 22. – Im Namen Isaak ist auch das Lachen festgehalten. Auf Hebräisch heißt er Jizchák, und wörtlich übersetzt bedeutet das: «Er wird lachen».

2 Wie in vielen anderen Aspekten ist das Neue Testament auch hier der Gegentext zum Alten Testament. Jesus kommt zwar noch als Sprössling der heiligsten aller Familien zur Welt, seine Lehre aber sprengt das System von Vater, Mutter und Sohn: Er lebt, und stirbt, als göttlicher Junggeselle.

3 *Salomon Maimon's Lebensgeschichte*. Von ihm selbst geschrieben und herausgegeben von K. P. Moritz. In zwei Theilen, Berlin 1792.

4 Heinrich Heine, *Über Polen*, Berlin 1823.

5 Die Rivalität zwischen diesen Instanzen – rabbinische Orthodoxie, Chassidismus, *Haskalah* – kommt im Kapitel über Jizchok Leib Perez zur Sprache.

6 Humor findet sich freilich auch in den Heiligen Schriften; vgl. z. B. Ezra BenGershôm, *Der Esel des Propheten. Eine Kulturgeschichte des jüdischen Humors*, Darmstadt 2000.

## Der Erlöser

1 Auf Hebräisch wird das Mochér Sfarím ausgesprochen.

2 Im Hebräischen heißt es *hakdamáh* und bedeutet etwa ‹Vorwort›.

3 Efraim Frisch übersetzte den Roman 1937 unter dem Titel *Die Fahrten Binjamins des Dritten* für die Schocken-Bücherei ins Deutsche; jetzt liegt unter dem auch hier gewählten Titel *Die Reisen Benjamins des Dritten* eine vorzüglich edierte neue Übersetzung von Susanne Klingenstein vor: Scholem Jankew Abramowitsch, *Die Reisen Benjamins des Dritten*, München 2019. – In meinen Zitaten berücksichtige ich beide Übersetzungen, greife aber ebenso auf die jiddische Werkausgabe zurück, die 1928 in Warschau erschien, ohne das jeweils im Einzelnen zu kennzeichnen.

4 1918 erschien der Roman in der Übersetzung von Alexander Eliasberg erstmals auf Deutsch.

5 Nicht wenige Witze haben zum Beispiel das erhoffte Ableben der Schwiegermutter oder der Ehefrau zur Pointe.

6 Das hatte im Jahr 1845 auch Israel Joseph Benjamin gewollt; bei ihm nahm Abramovitsch sich den Stoff für seine Satire.

7 Im jiddischen Original heißt der Roman daher *Kurzfassung der Reisen Benjamins des Dritten.*

8 So heißt das fiktive Schtetl, aus dem Benjamin stammt. Der Name kommt aus dem Russischen und bedeutet «Schtetl der Nichtstuer».

9 Dort heißt es *Aguná.*

10 Im Hebräischen heißt es *Kadósch.*

11 Der Vers wird zitiert, wenn der Vorbeter das Achtzehngebet gesprochen hat und die in der Synagoge versammelte Gemeinde mit der Heiligung des Namens antwortet.

12 Später wird Benjamin auf seiner Reise nach Berdichev kommen. Dort halten ihn zwei verrückte Frauen für einen Boten der Zehn Verlorenen Stämme, der die Erlösung bringt, und er erhebt keinen Einspruch dagegen.

13 Ein breites Spektrum literarischer und kultureller Bezüge bietet Susanne Klingensteins Nachwort zu ihrer neuen Übersetzung des Romans, vgl. op.cit., S. 227–253. – Die homosexuellen Untertöne arbeitet ein Aufsatz von Dan Miron und Anita Norich heraus: «The Politics of Benjamin III: Intellectual Significance and Its Formal Correlatives in Sh. Y. Abramovitsh's *Masoes Binyomin HaShlishi*». In: Marvin I. Herzog u. a. (Hgg.), *The Field of Yiddish: Studies in Language, Folklore, and Literature. Fourth Collection*, Philadelphia 1980, S. 1–115; hier S. 55–70.

14 Um den Gegensatz ein wenig zu vertuschen, spricht Benjamin von den «Leiden des Exils», die Senderl bei seiner Frau zu erdulden hat; wenn sie die Zehn Stämme finden, wird auch das Exil zu Ende gehen, und damit seine Leiden.

15 Wenn man, so formuliert z. B. Susanne Klingenstein, «die rhetorische Verbrämung abzieht, bleibt als Faktum übrig, dass Benjamin […] zu jener Horde junger Männer gehör[t], die sich von ihren Familien absetzen»; vgl. *Mendele der Buchhändler. Leben und Werk des Sholem Yankev Abramovitsh*, op.cit., S. 315.

16 Selde hat einen kleinen Kräuterstand und verrichtet diverse Heimarbeiten; oft waren es die Frauen, die in den verarmten *schtétlach* den Lebensunterhalt für ihre Familien beschaffen mussten.

1 Scholem Alejchem, *Tewje, der Milchmann.* Aus dem Jiddischen übersetzt von Armin Eidherr, Zürich 2002. Die Seitenzahlen im laufenden Text beziehen sich auf diese Ausgabe; hier S. 9. – Das Libretto des amerikanischen Musicals *Fiddler on the Roof* (1964; dt. *Anatevka*, 1968) beruht auf diesem Roman, unterscheidet sich jedoch erheblich von der Vorlage.

2 Friede sei mit *Euch*.

3 Die kursiv gesetzten Worte sind Teile des rituellen Gebetes und im Original Hebräisch; die darauf folgenden Paraphrasen sind Tewjes jiddische Übersetzungen, in denen er den Text auf seine eigene Lebenslage bezieht.

4 Jehupez ist der fiktive Name für Kiew auf der jiddischen Landkarte Scholem Alejchems.

5 Ich übersetze die Stelle so textgetreu wie möglich nach dem jiddischen Original, um die Sparsamkeit zu zeigen, mit der Perez seine Worte wählt. – Sie wird zitiert nach *Ale verk fun Y. L. Peretz*, New York 1947, Volume Two, S. 420.

6 Es fällt auf, dass über zwei der Töchter nichts erzählt wird. In der Forschung ist ungeklärt, ob Scholem Alejchem noch weitere Kapitel seines Romans geplant hat.

7 Vgl. hierzu das Kapitel über Scholem Alejchem in Ruth Wisse, *The Schlemiel As Modern Hero*, Chicago 1971.

8 Jidd. für ‹Sorgen›.

9 1890 verlor Scholem Alejchem das von seinem Schwiegervater geerbte Vermögen an der Börse, und zwei Jahre später hatte Menachem Mendel seinen ersten Auftritt. Der unglückliche Spekulant lässt sich auch als eine Selbstpersiflage des Autors lesen, der ein Trauma zu überwinden hat.

10 *Menachem Mendel* besteht aus sechs Büchern, die zwischen 1892 und 1913 erscheinen, zeitlich also etwa parallel zu *Tewje, der Milchmann*.

11 Scholem Alejchem, *Menachem Mendel.* Aus dem Jüdischen übertragen von Siegfried Schmitz, Wien 1921. Die Seitenzahlen im laufenden Text beziehen sich auf diese Ausgabe; hier S. 7.

12 Darin unterscheidet Tewje sich von vielen Männern in der jiddischen Literatur dieser Zeit. Sie werden oft von ihren Frauen ausgehalten, so z. B. Benjamin der Dritte und teilweise auch Menachem Mendel.

13 Die Novelle liegt im Deutschen nicht vor; die Zitate übersetze ich aus dem Original: «Drej Almónes», in: *Ale verk fun Sholem Aleykhem*, Volume 12, Buenos Aires 1952, S. 110–147; alle Seitenangaben im laufenden Text folgen dieser Ausgabe, hier S. 110. – In der englischen Übersetzung von Bernard Isaacs ist die Novelle nachzulesen unter dem Titel «Three Widows» in: Sholom Aleikhem, *The Bewitched Tailor*, Moskau o. J., S. 28–64.

14 Hier kehrt Scholem Alejchem die Rollen um: Rosa ist die Witwe des Buchhalters, des Opfers der Kapitalisten; Tewjes Tochter dagegen ist mit dem Übeltäter selbst verheiratet.

## Die Kunst des Experiments

1 Wie schon im vorigen Kapitel übersetze ich den Text aus dem Jiddischen, nach «Bontsche Schweig», in: *Ale verk fun Y. L. Peretz*, New York 1947, Volume Two, S. 412–420; hier S. 412.

2 Ebd., S. 413.

3 Moses Mendelssohn (1729–1786) wies nicht nur den deutschen Juden einen Weg in die Moderne, mit seinen hebräischen Schriften hatte er auch großen Einfluss auf die osteuropäische *Haskalah*.

4 So heißen die Bußgebete auf Hebräisch; im Jiddischen sagt man «slíches».

5 «Wenn nicht noch höher» wird zitiert nach Jizchok Leib Perez, *Chassidische Geschichten*. Aus dem Jüdischen von Alexander Eliasberg, Wien 1917, S. 139–143. Die Seitenzahlen im laufenden Text beziehen sich auf diese Ausgabe; hier S. 139.

6 Perez schrieb sie 1899 in einem Warschauer Gefängnis. Er war verhaftet worden, weil er an einer verbotenen Arbeiterversammlung teilgenommen hatte.

7 Auch Martin Bubers chassidische Geschichten, die er auf Deutsch erzählt hat, sind so zu lesen: nicht als Übersetzungen traditioneller Texte, sondern als Umdichtungen, in denen ein jüdisches Bewusstsein nach neuen Ausdrucksformen sucht.

8 Die festliche Pelzmütze der Chassiden, wie sie ultraorthodoxe Juden auch heute noch tragen.

9 Auch diese beiden Erzählungen folgen der Übersetzung von Alexander Eliasberg; vgl. «Elend», in: *Chassidische Geschichten*, a. a. O., S. 54–63. Die Seitenzahlen im laufenden Text beziehen sich auf diese Ausgabe; hier S. 54.

10 Der protokollarische Charakter des Textes legt den Gedanken nahe, dass er zum Umfeld der frühen *Bilder von einer Provinzreise* gehört. Perez verfasste sie schon 1891, als er einer Delegation angehört hatte, die Statistiken zur Armut der Bevölkerung erhob. Senders Lebensgeschichte mag auf dem Bericht eines Informanten beruhen.

11 Scholem Alejchems Roman *Tewje, der Milchmann* liefert dafür eine Begründung: Seine Töchter handeln gegen diese Regeln, und die Familie bricht auseinander.

12 Im *Chejder* wurden nur die Jungen, nicht die Mädchen unterrichtet. Noch der im Prolog erwähnte Manès Sperber hat in ihm gelernt.

13 Auch Mendel Singer in Joseph Roths Roman über die Tragödie des Ostjudentums, *Hiob* (1930), ist *Melámed.*

14 Die drei anderen Frauen, die er dann noch heiratet, sind unerträglich zänkisch oder sterbenskrank.

15 Undenkbar wäre es nicht. Das von den Chassiden streng befolgte Religionsgesetz, die *Halacha*, schreibt bei kinderlosen Ehen eine zehnjährige Wartezeit vor.

16 Auch Scholem Alejchems Menachem Mendel versucht die Mitgift seiner Frau bei einem Verwandten herauszuholen, der sie «verwaltet».

17 *Schadchónim* ist die Pluralform von *Schádchen.*

18 «Wenn man sagt: Verrückt, glaub!», in: *Chassidische Geschichten*, a. a. O., S. 24–35; hier S. 24.

19 *Misnágid*, Gegner, ist ein hebräisches Wort in jiddischer Aussprache.

20 Bei den Ostjuden war es üblich, dass die Brauteltern das junge Paar bei sich aufnahmen, zumeist für ein Jahr; deshalb lebt auch der als Kind verheiratete Sender bei den Schwiegereltern. Dieser Brauch war Teil der Mitgift, und man nannte ihn «Köst essen». Im nächsten Kapitel werden wir ihm noch einmal begegnen.

21 Er bleibt namenlos wie auch alle Frauen, von denen er in seinem Monolog berichtet; schon in «Elend» nennt Sender keine seiner sechs Ehefrauen bei ihrem Namen.

22 Auch in «Elend» war Sender so betrogen worden.

23 Hier fügt Eliasberg seiner Übersetzung eine Erklärung bei: «Porusch – wörtlich ein Abgesonderter – ein Mann, der seine Frau verlassen hat und, ohne von ihr geschieden zu sein, ausschließlich dem Talmudstudium und dem Gebet lebt.» Ähnliches haben wir schon in Mendeles *Die Reisen Benjamins des Dritten* beobachtet, wo ein Mann unter dem Vorwand der ‹Heiligkeit› seine Frau zur *Agúne* macht.

24 An dieser Stelle habe ich die Übersetzung von Eliasberg leicht verändert.

## Wie klingt ein jiddischer Witz auf Deutsch?

1 Vgl. das erste Kapitel: Im Mutterschoß der *mámeloschen.*

2 Jeffrey A. Grossman, *The Discourse on Yiddish in Germany. From the Enlightenment to the Second Empire*, Rochester 2000.

3 Das Groschenheft erschien ohne Jahresangabe im Verlag E. Bartels in Berlin, einem der sogenannten Warenhausverlage, die sich um die Jahrhundertwende etablierten und ihre Produkte in hohen Auflagen billig anboten.

4 Ebd., S. 4; es ist der 13. der 190 ‹Witze›.

5 Die Technik sprachlicher Verunglimpfung geht weit ins 19. Jahrhundert zurück, schon in den 1830er-Jahren findet sie sich bei einem Autor, der unter dem Pseudonym Itzig Feitel Stern schrieb und auch Gustav Freytags Roman *Soll und Haben* beeinflusst hat; vgl. dazu Susanne Klingenstein, *Mendele der Buchhändler. Leben und Werk des Sholem Yankev Abramovitsh,* op.cit., S. 20 ff.

6 Macht man die Gegenprobe und erzählt den Witz ohne Gehässigkeit, so kann er uns durchaus erheitern:
*Haste gehört, der Meier hat das große Los gezogen, er is ganz verrückt vor Freude. – Und? Bezahlt er jetzt seine Schulden? – Nee, so verrückt is er nich.*

7 Burkhard Meyer-Sickendiek, Gunnar Och (Hgg.), *Der jüdische Witz. Zur unabgegoltenen Problematik einer alten Kategorie*, Paderborn 2015, S. 11.

8 Ebd.

9 Sigmund Freud, *Der Witz und seine Beziehung zum Unbewußten*, in: *Studienausgabe*, Frankfurt a. M. 1982, Band IV, S. 9–219; die Seitenzahlen im laufenden Text folgen dieser Ausgabe.

10 Sigmund Freud, *Briefe an Wilhelm Fließ 1887–1904*. Ungekürzte Ausgabe. Herausgegeben von Jeffrey Moussaieff Masson. Frankfurt a. M. 1986, S. 271.

11 Das Wort «baden» wird im Jiddischen transitiv gebraucht: *me bud sach* (man badet sich) oder *me geît sach búden* (man geht sich baden).

12 Freud, *Der Witz,* S. 49.

13 Zu der Frage, was Freud bei der Auswahl seiner Witze motiviert hat, vgl. Elliott Oring, *The Jokes of Sigmund Freud. A Study in Humor and Jewish Identity*, Philadelphia 1984.

14 Freud, *Der Witz,* S. 106.

15 Es ist das 168. Stück in Olsvangers Sammlung; a. a. O., S. 97.
16 Alexander Eliasberg übersetzt es mit «Köst essen»; vgl. das vorige Kapitel.
17 Mit melancholischem Witz beschreibt schon Heine die Rolle des Sabbat im Leben eines armen Juden; vgl. sein Gedicht «Prinzessin Sabbat» in den *Hebräischen Melodien*, in: Heinrich Heine, *Sämtliche Schriften*. Herausgegeben von Klaus Briegleb, München 1997, Bd. 6/I, S. 125–129.
18 Und auch das nur bedingt, wie wir weiter unten noch sehen werden.
19 Die Bettlerorganisationen im Ostjudentum wurden auch in der jiddischen Literatur thematisiert, und Mendele Moícher Sfórims Roman *Fischke der Krumme* haben wir schon kennengelernt.
20 Die Einschränkung gilt nur für diesen spezifischen Witz; in anderen Witzen ist oft ein Widerstand gegen die Gesetze der Tradition zu spüren, da hat Freud nicht unrecht.
21 Auch bei Jizchok Leib Perez wird dieser Brauch karikiert, wie wir im letzten Kapitel gesehen haben; und auch bei ihm ist die Pointe eher traurig als lustig.
22 *Jüdische Schwänke* [Auswahl, Übers. und Bearb. Max Präger und Siegfried Schmitz], Wien 1928, S. 122.
23 Der promovierte Germanist Max Präger war als Gesellschafter des Löwit-Verlags für Martin Bubers Zeitschrift *Der Jude* zuständig, die dort erschien; Siegfried Schmitz war Übersetzer und Journalist. Als Zionisten waren beide am Ostjudentum interessiert. – Schmitz hatte zuvor schon Scholem Alejchems *Menachem Mendel* übersetzt; im Löwit-Verlag sind auch Perez' *Chassidische Geschichten* erschienen.
24 Auch Kafkas im Prolog zitierte Rede über den Jargon ist in diesem Kontext zu lesen. Wie sich das Bild des «Ostjuden» im deutsch-jüdischen Bewusstsein gewandelt hat, wird dargestellt in Steven E. Aschheim, *Brothers and Strangers: the East European Jew in German and German Jewish consciousness, 1800–1923*, Madison 1982.
25 Wie wir oben gesehen haben (S. 128), setzt auch Olsvanger für «*schul*» das Wort «Synagoge» ein.
26 *Jüdische Schwänke*, a. a. O., S. 257–258.
27 Es ist auffallend, dass auch Olsvanger das Wort «arm» verwendet, als er den Begriff «*êjrach*» erklärt. Bei der Wiedergabe des jiddischen Originals weiter oben wurde nur das Wort «Gast» in Klammern gesetzt, Olsvangers vollständige Fußnote aber lautet: «Gast. Es ist Sitte, zum Sabbatabend einen armen Gast einzuladen.» Selbst bei Olsvanger

kommt ein fremder und zugleich entfremdender Blick ins Spiel, sobald das jiddische Original übersetzt wird.

28 Friedrich Torberg, «‹Wai geschrien!›, oder Salcia Landmann ermordet den jüdischen Witz. Anmerkungen zu einem beunruhigenden Bestseller», in: *Der Monat* 57 (1961), S. 48–65; die Seitenzahlen im laufenden Text beziehen sich auf diese Veröffentlichung.

29 Diese fragwürdige Prognose steht noch in der späten Lizenzausgabe des Deutschen Bücherbundes von 1988, nach der hier zitiert wird: *Der jüdische Witz. Soziologie und Sammlung.* Herausgegeben und eingeleitet von Salcia Landmann, Stuttgart und München o. J. (1988), S. 45–46.

30 Salcia Landmann, *Die Juden als Rasse. Das Volk unter den Völkern.* Olten und Freiburg im Breisgau 1967.

31 Ebd., S. 322.

32 *Der jüdische Witz*, S. 24.

33 Auch hier mag ein einziges Beispiel genügen. *Lehrer: «Kinder, wer kann mir einen Satz mit Norwegen und Dänemark bilden?» – Klein Moritz: «Mai Vatter macht sei Geschäfte nor wege dene Mark.» Der jüdische Witz*, S. 419. – Solche Witze machen deutlich, wo Landmanns Denken hinführt. Im frühen Nachkriegsdeutschland ist der Erfolg ihres Buches, wie Torberg es ausdrückt, in der Tat beunruhigend.

34 *Jüdische Anekdoten und Sprichwörter.* Ausgewählt und übertragen von Salcia Landmann, München 1965. Auch dieses Buch hatte einen nicht geringen Erfolg, 1979 hatte es eine Auflage von fast 120 000 erreicht.

35 Ebd., S. 78 f. Die jiddischen Originalfassungen wurden Landmann von dem polnisch-jüdischen Schauspieler und Erzähler Horacy Safrin geliefert.

36 Ebd., S. 80.

37 *Der jüdische Witz*, S. 182.

38 Ebd., S. 178.

## Der Herrscher und sein Stiefbruder

1 *Der Witz und seine Beziehung zum Unbewußten* (1905) wird wieder zitiert nach Sigmund Freud, *Studienausgabe*, Frankfurt a. M. 1982, Band IV, S. 9–219. Die Seitenzahlen im laufenden Text beziehen sich auf diese Ausgabe; hier S. 67.

2 Vgl. hierzu die «Editorische Vorbemerkung» in der *Studienausgabe*, a. a. O., S. 11.

3 Schon der britische Humorforscher Davies hat auf die Unzulänglichkeit dieser Deutung hingewiesen; vgl. Christie Davies, *The Mirth of Nations*, New Brunswick, New Jersey 2002, S. 208.

4 Sigmund Freud, *Die Traumdeutung* (1900), *Studienausgabe*, Frankfurt a. M. 1982, Band II, S. 298 f.

5 Noch viele Jahre später, als Freud die psychisch verinnerlichte Macht der realen Verhältnisse das «Über-Ich» nennen wird, verleiht er ihm ein drohendes Gesicht.

6 Vgl. Prolog, Anm. 4.

7 Das ist selbst dort der Fall, wo der Erzähler den Witz tatsächlich erfunden hat, etwa im Kabarett. Auf der Bühne steht der Künstler nicht als Produzent, sondern als Agent, der seine eigene Produktion vermarktet.

8 Vgl. zum Beispiel *Serenissimus*: Und war Ihr Herr Vater auch katholischer Pfarrer? – *Pfarrer*: Aber --- Durchlaucht!! – *Serenissimus*: Ach so – pardon! – natürlich – Sie haben ja keinen Vater!
(«Neues von Serenissimus», in: *Jugend*, Jg. 1904, Heft 10, S. 192).

9 Die Übersetzung, wie auch die folgende, ist meine eigene. Bei Macrobius, *Saturnalia* II 4 19–20, lautet der Originaltext:
*(19) Soleo in Augusto magis mirari quos pertulit iocos quam ipse quos protulit, qui maior est patientiae quam facundiae laus, maxime cum aequanimiter aliqua etiam iocis mordaciora pertulerit.*
*(20) Cuiusdam provincialis iocus asper innotuit. Intraverat Romam simillimus Caesari et in se omnium ora converterat. Augustus perduci ad se hominem iussit, visumque hoc modo interrogavit: Dic mihi, adolescens, fuit aliquando mater tua Romae? Negavit ille, nec contentus adiecit: Sed pater meus saepe.*

10 Vgl. Valerius Maximus, *Facta et dicta memorabilia* 9.14.ext.3: *ioco namque lacessitam matris suae pudicitiam inuicem suspicione in matrem eius reiecta audacius quam uirgis et securibus subiecto conueniebat ultus est.*

11 Wie der Witz zu verschiedenen Zeiten und auf mehreren Kontinenten erzählt wurde, zeigt ein Eintrag in einem der antiken Kultur gewidmeten Internet-Portal, http:/en.antiquitatem.com/a-joke-2000-years-old-augustus [Zugriff 02.05.2019].

# Personenregister

Aus dem Verlagsprogramm

Die Welt des Jiddischen

Hans Peter Althaus

**Kleines Lexikon deutscher Wörter jiddischer Herkunft**

4. Auflage. 2019. 216 Seiten
C.H.Beck Paperback Band 1518

Hans Peter Althaus

**Chuzpe, Schmus & Tacheles**

Jiddische Wortgeschichten
4., durchgesehene Auflage. 2020. 176 Seiten
C.H.Beck Paperback Band 1563

Hans Peter Althaus

**Zocker, Zoff & Zores**

Jiddische Wörter im Deutschen
4. Auflage. 2014. 159 Seiten
C.H.Beck Paperback Band 1476

Marion Aptroot/Roland Gruschka

**Jiddisch**

Geschichte und Kultur einer Weltsprache
2010. 192 Seiten mit 12 Abbildungen und 1 Karte
Beck'sche Reihe Band 1621

Jim Shepard

**Aron und der König der Kinder**

Roman
Aus dem Englischen von Claudia Wenner
2016. 270 Seiten. Gebunden

# Jüdische Geschichte und Kultur

Michael Brenner

**Kleine jüdische Geschichte**

2., aktualisierte Auflage. 2019. 374 Seiten mit 20 Abbildungen und 5 Karten

C.H.Beck Paperback Band 1994

Saul Friedländer/Orna Kenan

**Das Dritte Reich und die Juden**

1933–1945

Aus dem Englischen von Martin Pfeiffer

2010. 525 Seiten

Beck'sche Reihe Band 1965

Eva Gruberová/Helmut Zeller

**Taxi am Shabbat**

Eine Reise zu den letzten Juden Osteuropas

2017. 271 Seiten mit 19 Abbildungen und 1 Karte. Klappenbroschur

C.H.Beck Paperback Band 6282

Michael Brenner

**Geschichte des Zionismus**

5., durchgesehene Auflage. 2019. 128 Seiten mit 3 Abbildungen und 3 Karten

C.H.Beck Wissen Band 2184

Noam Zadoff

**Geschichte Israels**

Von der Staatsgründung bis zur Gegenwart

128 Seiten

C.H.Beck Wissen Band 2905